光文社文庫

文庫書下ろし

湯治場のぶたぶた

矢崎存美《ありみ》

光 文 社

この作品は光文社文庫のために書下ろされました。

目次

最初の一歩

ひなびた温泉宿《やど》で小説を書く。

昔からあこがれてきたことだ。旅館に缶詰《かんづ》めになって、外で待つ編集者《へんしゅうしゃ》ができあがった原稿一枚一枚を持っていく。部屋の中は丸めた原稿用紙でいっぱい。何日も徹夜《てつや》をして書き上げて――。

という妄想《もうそう》を子供の頃から持っていた。充雄《みつお》は今四十五歳だが、この妄想はいつ頃から持っていたのだろう。何が元になってる？　ドラマや映画？　それともマンガ？　具体的なタイトルは一切出てこないのだが、小学生くらいの頃にはすでに考えていたように思う。

「どうせなら、やりたいことやったら？」

妻が言う。

「やりたいこと？」

いったいどんな会話をしていたのか、と訝《いぶか》しげに充雄は首を傾《かし》げる。

「温泉で小説書いてくればいいじゃない」

そう言われて、初めて小さい頃からの妄想を妻に話していたのだとわかる。とりとめのない話をしていたつもりだったが……。

「小説は……書けるとは思えないけど」

だって、一行も書いたことがない。

「小説は書くことがすべてじゃないらしいよ」

充雄はさらに首を傾げる。

「プロットを考える時間が一番長いらしい」

「……どこでそんな話聞いたの？」

「ツイッターで好きな小説家さんが言ってた」

フォローしてるんだ……。

「ほんとは温泉宿で何もしないでプロットだけを考えてたいって」

「その人は行かないの？」

「なんかねー、いつもギリギリなんだって。だから、いつもそんなこと言ってるよ」

充雄は思わず笑ってしまう。どこもそんな感じで仕事してるんだな。

そんな感じで仕事をしていた充雄は、三ヶ月の予定で休職している。医師の診断《しんだん》は「うつ病」。まさか自分がなるとは、という病名だった。家にいると、三ヶ月でよくならなかったら、とつい考えてしまう。かといって入院するほど悪いわけではない。

自宅療養《りようよう》と言っても、面倒見てくれる人がいるわけではない。妻と娘たちは、仕事や学校へ行っているから、充雄は病院に通う以外、外にはほとんど出ず、一人で過ごす。結局は自分で自分の管理をしなければならないのだ。食事の準備くらいはできるが、ぼんやりして食べそこねることも多いし、他の家事《かじ》もせずに寝てばかりなのがまた申し訳ない。

「何も考えずに休養する」ということがこんなに難しいとは。

ならばもう、温泉に行ってしまうのも一つの手に思えた。転地《てんち》療養というやつか。

そういえば、大学で教鞭《きようべん》を取るいとこが、論文を書くために温泉旅館へ行くと聞いたことがある。そこはいわゆる湯治場《とうじば》なので、宿泊料がリーズナブルだと。

湯治場――温泉の効能《こうのう》を利用し、身体《からだ》を休めながら治療や療養を行う宿のことだ。昔は長期滞在《たいざい》するものだったが、最近はどうなんだろう。

妻にその宿のことを伝えると、

「じゃあ、訊《き》いてみる」

さっそくいとこへ連絡を取るが、

「紹介制なんだって」

「そうなのか……」

がっかりしかけると、

「もう連絡してくれたよ。あとでスマホにメール来るから返事してねって」

早い。早いな。健康な人の素早さを実感する。

実際、すぐに案内メールが来た。湯治場というと「のんびり」という印象だが、対応は超《ちょう》現代的だ。

「あっ、カウンセリングもあるってよ」

のぞき込んで妻が言う。

「病院に行ってるからなあ」

「でも、精神科《せいしんか》の診察とカウンセリングって違うでしょ？　やってみたら？」

「うーん……あとで考える」

一度にいろいろ考えるのはまだしんどいのだ。

「自分の車で行くか、電車の場合は迎《むか》えに来てもらえるって」

一人で車を運転してもいいのだが、薬を服用《ふくよう》しているので避《さ》けた方がいいかも。

「送ってあげようか？」

そう言ってもらえてありがたいが、宿の人が迎えに来てくれるのならそうしよう。

妻は、支度《したく》を手伝ってくれた。といっても、最低限の着替《きが》えと洗面《せんめん》道具、あとお気に入りの本を何冊か。スマホに電子書籍も入っているが、最近はデジタルなのに積《つ》ん読《どく》になっている。でも何冊持っていっても荷物にならないのはいい。ある意味の安心感が得られる。

執筆《しっぴつ》のための小さめなノートパソコンを持ったが、新品の原稿用紙や下書き用の大学ノートも持っていくことにした。どう考えてもパソコンで書いた方が早い。しかし、原稿用紙をひと文字ずつ埋《う》めていく、というのもあこがれるではないか。

会社に行くのとは逆方向の電車に乗ると、妙《みょう》なことに、少しだけホッとした。送ってもらうより、自分の足での移動を選んでよかったかもしれない。これから少なくとも二週間、家とも会社とも違う場所へ行くという実感が湧《わ》く。

転地療法というのは、こういう効果《こうか》もあるのかもしれないな。

充雄は改札《かいさつ》を出て、あたりを見回す。車も人の気配もない。駅は無人駅で、降りたのは自分だけ。小さな駅舎の前には、細い道が続いている。店もない。タクシー乗り場もない。寂《さび》しいというより、本当に何もなかった。山の中に突然置き去りにされた気分だった。

駅はここでよかったのか、とあわてて振り向くが、控《ひか》えめな看板《かんばん》には聞いたとおりの駅名が書いてある。ここに、宿から迎えが来るはずだ。

スマホを取り出し、もらったメールを確認する。うん、確かにこの駅で間違いない。待ち合わせ時間も大丈夫。違う駅だとしても、もう引き返せない。次の電車は二時間後だから。

しかし寒い。かなり厚着《あつぎ》をしてきたのだが、それでも足元からしんしんと冷《ひ》えてくる。電車の中がすごく暖かかったから、余計《よけい》に応《こた》える。雪が今にも降ってきそうだった。

その時、細い道の向こうから、車がガタガタと走ってくるのが見えた。道の両側は並《なみ》木《き》なのだろうか。もしかして桜《さくら》かな。春はきれいなのかもしれない。だが今は寒々しく寂しい。

車はとてもゆっくり走っているように見えた。古い映画のワンシーンを思い出す。映画では近づいてくるのは女性で、待っている人の前を一瞥《いちべつ》もせずに通り過ぎる。若い頃、リバイバル上映で見て「かっこいいな〜」と思ったけれど、あの車に関しては自分の前で停《と》まってほしい。

車は通り過ぎなかった。その小さなワゴン車は、ぷっぷっとクラクションを軽く鳴らしながら、充雄の前で停まる。

車の中には、誰も乗っていなかった。

違う映画の世界に入り込んだみたいだった。怖《こわ》い話は苦手だ。夢に見てしまうから。この状況は、まさに悪夢のようでもあった。誰もいない駅、人影のない道、今にも雪が降りそうなどんよりとした空……。

「すみません、お待たせしました〜」

そんな恐怖映画の冒頭《ぼうとう》みたいな空気とは不似合いな明るい声が割り込んでくる。バタンとドアが音をたて、車の陰から姿を現したのは——小さなぬいぐるみ。

「塚越《つかごし》さんですよね？」

そこには、薄《うす》いピンク色のぶたのぬいぐるみが立っていた。大きさはバレーボールくらい。突き出た鼻に黒ビーズの点目《てんめ》。大きな耳は右側がそっくり返っている。

「里沼《りぬま》温泉の山崎《やまざき》ぶたぶたといいます」

中年男性らしき優《やさ》しげな声が響く。えっ、同世代？　えっ、ぬいぐるみなのに？

「ちょっと電車の時間を勘違《かんちが》いしてて、お迎え遅れました、申し訳ないです」

充雄は文字通り呆然《ぼうぜん》となり、持っていたバッグをポトンと落とした。

「ああ、すみませんっ」

ぬいぐるみは短い手足（？）をパタパタさせながら走ってきた。ちょっと怖かったが、動けない。

「びっくりさせちゃいましたか？　事前に言ってもなかなか信じてもらえないものですから……」

そう言われて、なぜか「なるほど」と充雄は考えた。事前に言われた方がふざけていると思ったかもしれない。……いや、それは論点《ろんてん》のすり替え？　それは本当にふざけていれば、という話であるし……そもそも、こんなふうにぬいぐるみが現れることは前提《ぜんてい》にしていないのでは？

……何を考えているのかわからなくなってきた。パニックなところと冷静なところが入り混じっている。なんだか初めての感覚で、ものすごく戸惑《とまど》う。

充雄は落としたバッグを自分で拾《ひろ》った。

「大丈夫です」

充雄の言葉に、ぬいぐるみはほっとしたような顔になる。表情なんてないはずなのに。

「寒いですから、車へ」

大丈夫とは返したが、そう言われて怯《ひる》む。ぬいぐるみが運転する車に乗るのは初めてなので、再び不安が襲《おそ》う。しかも舗装《ほそう》はされているがけっこう荒れた道だ。雪が降っていないだけマシだろうか。

ぬいぐるみはワゴン車の引き戸をガーッと開ける。すごい力だ。昔実家で飼っていた猫が、重い引き戸をスパーンと開けた時の驚《おどろ》きを思い出した。大きさも同じくらいだけど……いや、もっと小さい……。

「十分くらいで着きますので」

「どうぞ」と濃《こ》いピンク色の布《ぬの》が張られた手（ひづめ？）が中を指し示す。

「は、はあ……」

迷ったが、こんな寒いところにはもういられない。車の中はいくらかあったかいはずだし、宿に着けば温泉……温泉がある。

温泉温泉、と心の中で唱《とな》えながら、ワゴン車の後部座席に乗り込む。あ、あったかい……！

ぬいぐるみが運転席に座り、シートベルトをした。あわてて充雄もならう。意味あるのかな、あのベルト。

「では、出発しまーす」

どういうからくりかはわからないが、車は普通にゆっくりと動き出した。ガタガタと狭《せま》い道を慎重《しんちょう》に進んでいく。魔法《まほう》かな？　魔法の車なのか、ぬいぐるみの魔法なのか。あれ、こういうファンタジーみたいな小説もいいかも。ファンタジーやSFは若い頃好きで、よく読んでいた。

でも、充雄が昔からずっと書きたいと考えているのは、ミステリー小説なのだ。平凡《へいぼん》な会社員が、自分の勤《つと》めている会社や家庭が偽《いつわ》りのものだと気づく、というストーリー。なぜ仕組まれたのか、妻や上司《じょうし》の正体は？　幸せだと思っていた生活が崩《くず》れるきっかけは？

大きなミステリーの賞に応募《おうぼ》するつもりなので、原稿用紙換算《かんさん》で五百枚くらいは書かないとならない。執筆経験はないし、まさか二週間で書き上がるなんてそれこそ夢みたいだが、書き出さないまま何年もたっているこの状況は打破《だは》できるくらいにはなるんじゃないか、と密《ひそ》かに思っていた。

ずっと考えていたものだったから、「それを書かなくちゃ」みたいに思っていたのかもしれない。ほんとは何を書いてもいいはずなのに。たとえば、今——こんなふうに始まるファンタジー小説とか。

けど、どんな書き出しにしようか——。

「着きましたよ」

えっ！

充雄は顔を上げる。あれ、俺もしかして寝てた？

「長旅でお疲れになっていたようですね」

ま、まあ、確かに慣《な》れない道のりではあった。でも思ったほど時間はかからなかったし……こんなぬいぐるみを前にして、あっさりうたた寝するとは。はっ、まさか……眠《ねむ》らされた⁉　宿への道を知られないように、とか⁉　ここはもしかして、異世界《いせかい》⁉　ワゴン車で転生《てんせい》⁉

……まあ、それにしては駐車場に普通の車がたくさん停まっているのだった。

「こんにちはー、ぶたぶたさん」

初老《しょろう》の女性がそう声をあげる。なんか布にくるんだ赤ん坊みたいなものを抱《かか》えてる？　何⁉

「あ、こんにちは。いらっしゃいませ」

「帰るところだけどね～」

そう言って、車に乗り込む。あれ、赤ん坊なのかな……大事そうではあったけど。でも、チャイルドシートとか車にあったかな……あ、もう行ってしまった……。

なんてことを考えていてつい忘れそうになるが、なんでそんなに自然な会話をしているの⁉　まるで人間相手みたいな……どうしてすれ違う人みんな驚かないの⁉

周りをキョロキョロ見ながら機械的に足を動かしていると、突然下の方から声がする。

「受付は本館《ほんかん》にあります。どうぞ」

「は、はい」

なんだか改めてびっくりしてから、かろうじて返事をする。ひづめが指差す方を見ると、非常に風情《ふぜい》に満ちた建物があった。

古びているというより、歴史の重みを感じさせる正面玄関だ。木がふんだんに使われている。靴《くつ》を脱いでロビー（っていうのか？）に上がると、左手に受付があり、三十代くらいの眠そうな顔をした女性が立っていた。

「シーナさん、あとはよろしくお願いします」

「わかりました」

「シーナ」は「椎名」という名字なのか、それとも下の名前なのか、それはわからない。

「じゃあ、塚越さん、のちほどカウンセリングで」

ぬいぐるみはさっと手（？）を上げると、すたすた行ってしまった。この建物なら木の床《ゆか》の方が似合いそうだが、ぬいぐるみでも滑《すべ》りにくそうなクッションフロアだった。

まあ、今時はそうなるよな。

「塚越充雄さんですね？」

「は、はいっ」

この地に着いてからぼんやりしてばかりで、何かにつけて驚いている。

「二週間のご予定で――今日はまず、ぶたぶたさんのカウンセリングを受けていただきます。カウンセリングというか、療養や滞在に関しての打ち合わせと思っていただければ。もちろん、通常のカウンセリングとしてご利用いただいてもかまいません」

結局カウンセリングを申し込んだのだ。してもしなくてもいいらしいが、いとこと妻からすすめられたし、一応病気療養中だし、やっといた方がよかろうということで。しかし……あのぬいぐるみと話す？　何を？

「十六時からのご予約なので、それまではご自由におくつろぎください。お部屋はここです」

と館内の案内図を渡された。赤丸がついているところが充雄の部屋らしい。

「ごめんなさい、ご案内できる時とできない時がありまして」

ちっとも申し訳なくなさそうに言う。「けっこうゆるいよ」といとこから聞いているので大丈夫。

「チェックインや解錠《かいじょう》などはスマホでできます」

「へー」

もらったメールについていたQRコードでチェックインは完了した。

「こちらのコードをドアのところで読み込めば、鍵が開きます。出る時はオートロックなので、気をつけて」

はー、最新式――なのかな？　最近のホテルはよく知らないけど。

「お食事は自炊《じすい》ではないんですよね？」

「はあ、お願いしようと思って」

ちょっとした食事の用意くらいできるけれど、人に作ってもらった方がうれしい。自分で作るとあんまりおいしく感じないのだ。

「わかりました。食堂はあちらです」

指差す方を見ると、「食堂」とわかりやすくプレートが出ている部屋がある。

「入口に朝昼晩の時間が書いてありますので、あとで確認してください」

「はい」

「アレルギー等はないですか？」

「はい、大丈夫です」

「他に食べられないものなどありましたら、言ってください」

まあ、苦手なものは多少あるが、不自由するほどではないので、

「ありません」

と答える。

「Ｗｉ－Ｆｉのパスワードですけど――」

「あ、えーと、いいです」

Ｗｉ－Ｆｉだとパケット料金を気にせず、ついスマホでネットを見てしまうのだ。緊急《きんきゅう》でない限り、連絡はしないと妻とも決めてきた。宿なら普通の電話や公衆電話があるだろうし。

「配信《はいしん》サービスとか見られる方もいるので――」

はーっ、そういう使い方もあったか！　パソコンがあるから見られるけれど……いや、ここには小説を書きに来たんだから！　違った、湯治に来たんだった……。

「いや、いいです」

あとで教えてもらってもいいし、と優柔不断《ゆうじゅうふだん》なことを考える。

「では、ごゆっくり」

あっさりと受付は終わり、案内図を見ながら二階へ上がる。明るく広い廊下に沿《そ》って部屋が並んでいた。

スマホを引き戸脇《わき》の機械にかざすと、解錠される。ビジネスホテルみたいな室内かと思ったが、中は和風で、手前にベッド、奥に小さなこたつと座布団《ざぶとん》が置かれた畳《たたみ》スペースがあった。旅館といえば、のスペース！

　窓からは寒々とした枯《か》れた景色が見える。しかし、隙間風《すきまかぜ》もなく、部屋は暖かく、きれいだった。すみずみまで掃除《そうじ》が行き届いている。古さと新しさが同居している雰囲気《ふんいき》、悪くない。

　こういうところで原稿を書きたいと思っていた。惜《お》しむらくは座卓《ざたく》ではなくこたつであることだが、この季節では仕方ない。どうせなら火鉢《ひばち》でもあれば。どてらって貸してもらえるのかな、といろいろと想像が広がる。

　夢のよう——と一瞬ほわほわした気分になったが、さっきのぶたのぬいぐるみを思い出してはっと我《われ》に返る。

……いや、あんなファンタジーな存在に現実を認識《にんしき》するなんておかしいだろ？　と思いながらも、まずは彼のカウンセリングを受けなければならないと考えると、今度はなんだか試練《しれん》めいた気分になる。へなへなとベッドの上にへたり込む。

　一気にいろいろなことが起こって、充雄は思わずため息をついてしまった。大丈夫だろうか、こんなところで休養とか……ましてや小説とか……。

　時計を見ると、カウンセリングの時間までまだだいぶあった。

……では、まずは温泉か。

立ち上がるまでぐずぐず時間がかかってしまったが、なんとか下の浴場《よくじょう》へ向かう。温泉なんて久しぶりだ。子供が小さいうちは、行ったとしてものんびりできなくて入った気がしなかったなあ。

浴場に併設《へいせつ》されている広い休憩所《きゅうけいじょ》では、寝転がったり、談笑《だんしょう》したり、みんな思い思いに過ごしていた。自分より年配《ねんぱい》の男性が多いが、案外若い人も女性もいる。

浴場に入ると、みんな挨拶《あいさつ》や会釈《えしゃく》を軽くしてくれるが、特に話しかけてくる人はいない。ある意味、気が楽だった。ここは温泉旅館ではなく、湯治場なんだから。それぞれ事情を抱えているに違いない。

身体を洗って温泉に浸《つ》かると、「はあーっ」と知らずしらずに声が出た。そういう歳《とし》か……そういう歳だな。

湯は透明《とうめい》で柔《やわ》らかかった。肌《はだ》に優しく、匂《にお》いはない。飲泉《いんせん》もできるそうなので、入る前にコップに一杯ほど飲んだ。うまかった！　けど、これは喉《のど》が渇《かわ》いているからかな。味は普通の水だった。いや、ちょっと塩分《えんぶん》があるようなないような……きっと、効果があるに違いない。と思う。

のぼせてしまう前に湯から上がり、休憩所でのんびりと過ごす。床が温かい。壁のポスターに「オンドル」と書いてあった。温泉を最大限に利用しているな。

窓から遠くの山をながめる。目にも優しい。そして静かだ。談笑している人の声も控えめ。心地よすぎて、このまま尻に根が生《は》えてしまいそう。

しかしいつまでもこうしているわけにもいかない。やっと立ち上がり、「面接室《めんせつしつ》」とプレートのある部屋へ行き、ノックをした。

「どうぞー」

さっき聞いた声が聞こえる。おそるおそる入ると、会議《かいぎ》室みたいな殺風景《さっぷうけい》な部屋に、やはりぬいぐるみがいた。なんとシュールな。テーブルから上半身《じょうはんしん》が見えるということは、椅子《いす》にクッションか何か置いているんだろうか。

「塚越さん、どうぞお座りください」

「……はい」

ぬいぐるみの向かいに座ると視線がだいぶ下になる。しかし突然立ち上がり、なんと長《なが》テーブルの上に立った！　そして、おもむろにポットの上のボタンを押して、何やら湯呑《ゆのみ》に注《つ》ぐ。

「温かい麦茶《むぎちゃ》ですけど、どうぞ」

すっと差し出された湯呑をじっと見る。思いの外、香りが香《こう》ばしい。あまりあったかい麦茶って飲まないけど……。

「温泉に入る時は、充分《じゅうぶん》水分を摂《と》ってくださいね」

「はい」

言われたからというわけではないが、充雄は麦茶に口をつけた。――あ、うまい。いつも飲んでいる麦茶とは全然違う。甘さすら一瞬感じるが、喉を通ると余計な味など一つもないとわかる。まるで香りを飲んでいるようだ。

さっき飲泉したばかりなのに、ごくごくと飲み干してしまうと、ぶたぶたがポットからおかわりを足《た》してくれた。その慣れた手つきを、思わずガン見してしまう。まあ、ボタン押すだけなんだけど。

「すみません、行儀《ぎょうぎ》が悪くて」

「いえ……」

こんな小さいんじゃ上に立つしかないよな、とつい思ってしまう。

さて、と再びぶたぶたは椅子に座った。そして、おもむろに話し始める。

「最初、というか、ここに初めていらした方とはなるべくこうやってお話をするんです。ただ、だいたいの状況把握《はあく》をさせていただくためですので、病状などについて話したくないことは話さなくてけっこうです。治療《ちりょう》はお医者さまとするべきですし、うちはあくまでもサポート施設《しせつ》だと思ってください」

「はあ」

「アンケートによりますと、うつ病で休職中とか」

「はい、三ヶ月の予定です」

「お薬は飲まれていますか？」

「はい」

効《き》いているのかどうか、よくわからないけど。

「おうちで過ごされている間、ご気分はいかがでしたか？」

うーん、と充雄はうなる。

「仕事から解放されてストレスが減ったとは思うのですが、このまま仕事に戻れないのではと、つい考えてしまいます」

病院で医師に話すように言ってしまう。というか、実際に同じことを言ったのだが。

「はあ～、なるほど」

手慣れた様子でカチャカチャとパソコンで何か打っている。そりゃ手書きでメモを取るより楽そうだが……なんとなく違和感《いわかん》。ぬいぐるみとパソコンというのは、なかなかのミスマッチだ。

「あ、今聞いたことも含めて、個人情報は外には決して漏《も》らしませんので。ご安心くださいね」

まあ、病状とかは別に知られてもいいけどさ。

「ここは何もしないで休養するというのには最適《さいてき》なので、それを満喫してくだされば と思います。読書がお好きと書いてありましたが」

「はい、何冊か持ってきたので、読もうと思ってます」

「わたしも読書好きなので、次はそんなことでもお話しできるといいですね」

点目がニコッと笑ったように見えた。

「とはいえ、楽しいことであっても知らないうちに疲《つか》れてしまうようなご病気でしょうから、くれぐれも無理なさらずに」

そうだな。二週間くらいなら、そんな感じで過ごせるかもしれない。

「軽く運動はされるといいですね。この周りですと、裏山が山歩き程度になると思います。朝日が見えますので、早朝に散歩される方もけっこういますよ。歩きやすい靴で歩いてください。適当《てきとう》な靴がない場合は相談してくださいね」

「はい」

小説を書くのは、何もしないことに飽《あ》きた時の気晴らし、程度に考えるのがいいのかもしれない。

が、もうその夜には「何もしない」ことに飽きてしまった。

果たしてそれは「飽きた」と言えるのかわからないが、何もしないで横になってもすぐに眠れるわけではないし……なんだかムズムズする。カウンセリングのあと、うたた寝をしたせいだろうか。その眠気《ねむけ》を夜に持ってこられればいいのに。

充雄は起き上がり、こたつに入った。持ってきた原稿用紙を広げ、愛用《あいよう》のボールペンを持つ。

「さあ……書くぞ」

口に出して言ってみた。素晴らしいミステリー小説を。ページをめくる手が止まらないような作品を。

……そのまま数分が経過した。何も浮かばない。

好きな小説の書き出しをいろいろ思い浮かべてみた。印象的《いんしょうてき》な文章ばかりだ。それに勝《まさ》るとも劣《おと》らない書き出しを——と考えても、手は動かない。というか、頭の中は真っ白なままだ。

それでも充雄は、しばらく原稿用紙の前に座り込んでいたが、やがて眠剤《みんざい》を飲むのを忘れていたことに気づく。ポットのお湯はぬるくなっている。薬を飲むのにちょうどいい温度だ。

眠剤を飲んだあとも原稿用紙に向かったが、何も書けないまま眠くなってくる。あきらめてベッドに入ると、そのまま寝てしまった。何か夢を見たような気がするが、細《こま》かいことは忘れてしまった。

目を覚《さ》ました時、自分のいるところがどこだかわからなかった。

ぼんやりしたまま少し時間が過ぎると、ようやく思い出す。こんなこと、ほんとにあるんだ。

ふとんはぬくぬくとしてとても寝心地《ねごこち》がいい。でも充雄はわかっていた。もう眠れないことを。朝早く目覚めてしまう、いわゆる「早朝覚醒《かくせい》」ってやつだ。

ただ、夜中に目は覚まさなかったから、睡眠《すいみん》時間は足りているはず。それはちょっとうれしい。

横たわっていても眠れるわけではないので、充雄は起き上がる。外はうっすら明るくなってきている。

散歩にでも行くか。

ぶたぶたは「軽い運動をするといい」と言っていた。それは、医師からもすすめられている。いつもは家の周りを三十分程度歩くようにしていた。

裏山とやらを適当に歩いて、日の出でも見ようか。

充雄は動きやすいジャージに着替え、コートを羽織る。部屋から出ると廊下は少しひやっとしたが、そんなに寒さは感じない。足音を立てないように、静かに歩く。

人の気配はないが、玄関はすでに開いていた。食堂の方の灯りがついているので、もう働いている人はいるのだろう。

外に出ると、さすがに寒い。というか、東京の寒さとは全然違う！　なんだこの寒さ、隣《となり》の県なのに、北海道か！　北海道には行ったことないけど！

「裏山はこちらです」と書かれたわかりやすい看板が目に飛び込んできた。素直にそちらへ向かう。

最初のうちはゆるやかな坂が続き、歩きやすく舗装もされていたが、途中から砂利道《じゃり》になり、次第に山道になり、坂の角度も急になっていく。足元がふらつく。スニーカーを履《は》いてきてよかった。

だが眺《なが》めはとてもいい。片側の木々がまばらで、そこから藍色《あいいろ》の空と雲が見えた。夏だと緑が生《お》い茂り、こんなふうに見えないのかもしれない。

歩いているうちに身体も温まってきた。空気が清々《すがすが》しい。本当に山登りをしているみたいだ。

しばらくすると、無心に足を動かしていることに気づく。道がだいぶ細くなってきていた。

頂上までどのくらいあるのかわからないので、登るのをあきらめ、元来た道を下り始めたが、足への負担が登りよりも大きい。しんどさを感じ、道端《みちばた》の岩に座る。そういえば、ほどよい間隔《かんかく》で座りやすそうな切り株や岩などが現れるのだが、もしかして人の手によって設置《せっち》されているのかもしれない。

今、やっと朝焼《あさや》けの頃だ。赤く染まっていく雲をじーっと見つめていたら、夜が明けた。真っ白な息が立ちのぼっていく。

そのまま、時間を忘れて空を眺め続けた。雲の形がぐんぐん変わっていく。こんなふうに眺めたのは、子供の頃以来かも。あの頃は、一日中そんなことしていても飽きなかったなあ。

ここからだと旅館も見える。外の掃除をしている人や、配達《はいたつ》の人？　なども。窓が開いているのは食堂だろうか。湯気《ゆげ》は温泉の？　それとも朝食の支度のだろうか。

その時、下の方の道で誰かが歩いているような砂利を踏む音が聞こえた。散歩する人も多いと聞いたが、これまでは誰も見かけていない。

視線を落とすと、女性が一人、道の端に立っていた。よく見ると、スケッチブックを抱えている。逆光《ぎゃっこう》なので何を描いているのかはよくわからなかったが、何本かの鉛筆《えんぴつ》を使い分けている。色もつけている？　夜明けの色？

この朝日を絵にしたい、という気持ちはわかる。いや、絵描きさんの気持ちなんて全然わからないけど、美しい風景だから。絵も描けたらいいな、と考えたことはあるが、まったく絵心がないのだ。

やがて、女性は足早に坂を下っていった。横顔を見て気づく。昨日受付にいた「シーナ」という人。

彼女は絵が趣味《しゅみ》なのか、と思いながら、しばらくして充雄も下に降りる。彼女がいた道を通ると、小さなメモ帳のようなものが落ちていた。さっき抱えていたものよりも小ぶりだが、これもスケッチブックらしい。

開かれたページには、すごく写実的《しゃじつてき》なタッチでぶたのぬいぐるみが描かれていた。これは……ぶたぶた？

充雄は旅館へ戻り、朝食を食べるため、食堂に行った。

シーナが忙《いそが》しく給仕《きゅうじ》をしている。味噌汁《みそしる》、ごはん、干物《ひもの》、玉子、煮物《にもの》、小鉢《こばち》。小鉢はいくつか選べる。豆腐や納豆《なっとう》、青菜《あおな》のおひたし、とろろなど。充雄はおひたしにした。玉子は好きな焼き方で出してくれる。煮物は電子レンジで自分で温めてもいい。

旅館の朝食の典型《てんけい》のようなメニューだが、どれもおいしい。昨日の夜は野菜ときのこたっぷりの煮込みうどん。足りなければ、と栗《くり》ごはんのおにぎりもあった。

「ここは料理に関しては自炊が基本なので、うちから提供される料理も家庭料理と似たようなものばかりです。でも、栄養《えいよう》には気をつかってますし、食材は新鮮《しんせん》なものが多いですから」

昨日のカウンセリングでぶたぶたに言われたことだ。確かに煮込みうどんなんて鍋《なべ》の締《し》めみたい。でも、なんだかすごくうまかった。野菜や肉を煮込んでしょうゆで味つけしただけのものなのに。何が違うんだっていうくらい、いくらでもするする入る。うどんも手打ちっぽいし……。栗ごはんもおいしい。甘くない栗なのに、とてもほくほくして、うどんのしょっぱさに合うのだ。久々に食欲を感じられた。

実家っぽい。実家でこんなの食べた記憶《きおく》はないが、それでもそんなふうに思えた。デザートは種が大きいがしゃきっと甘い柿《かき》だった。

朝食も、なんてことのないものばかりだけれど、みんなうまい。特にごはんと味噌汁が。

「ごちそうさまです」

充雄が食堂を出ると、受付にシーナがいるのが見えた。食堂は少しすいてきているが、そういえばぶたぶたはどこにいるんだろうか。

「あの、シーナさん」

充雄が声をかけると、シーナが顔を上げる。

「あの、さっき散歩の時に拾ったんですが、これシーナさんのじゃないですか？」

スケッチブックを差し出すと、彼女の目がみるみる大きくなる。

「あっ……なんでっ、すみません！」

ひったくるようにスケッチブックを手に取る。

「ありがとうございます……。落としたの気づかなかった……」

確かにあの道を通るまで充雄も気づかなかった。音もなく落ちたのかもしれない。

「絵、上手《じょうず》なんですね。あっ、あの中見たわけじゃないです。落ちてた時、開いてたから……」

言い訳じみたことを言う。

「ああ……一応プロなんで」

「プロ？」

思いがけない答えが。

「わたし、マンガ家なんです」

「ええーっ⁉」

大きな声を出してしまって、あわてて口をおさえるが、玄関に人はいなかった。

「このスケッチブックはネタ帳だったんで……よかった、失《な》くしてたら困りました」

「ネタ帳？　ネタ帳って……？」

「アイデアをメモってたんです」

描かれていたのはぶたぶただけど、それがアイデア？　ぶたぶたを主人公に何か描きたいってこの人は思ってるってこと？

「シーナさーん」

食堂の方から呼ぶ声がした。ぶたぶたの声？

「はーい。あ、じゃあ、ありがとうございました！」

シーナはあわてて食堂へパタパタと走っていった。

食事のあと、少し休んでから温泉に浸かった。

ネタ帳……ネタ帳か。いきなり書き出すより、そういうものを作った方がいいのかな。

アイデアがないから、書き出せないのかもしれない。

そういえば、小説の書き方なんて、何も勉強していない。頭の中で「書きたい」と思っているものをこねくり回しているだけで、なぜか書ける気になっていた。考えを熟《じゅく》成《せい》させれば、自然と小説の形になって文章で出てくるものとばかり。

あれ？　もしかしてそんなに甘くない？

温泉に浸かっているのに、身体が冷えるような感覚がした。たくさん本を読めば、小説を書けると思ってた？

風呂《ふろ》から上がり、部屋へ戻る。こたつに入って、ノートを開いた。

大学ノートは二冊持ってきていた。筆《ふで》が乗って（こういう言葉だけは知ってる）一冊じゃ足りなくなるのでは、と思ったのだ。もう一冊を「ネタ帳」として使うことにする。

いや、一冊目も真っ白なのだが。

とりあえず、一ページ一行目に、

「アイデアをメモする」

と書いてみた。

そして、続けて書きたいと思っている小説のあらすじも。

平凡な会社員が、自分の勤めている会社や家庭が偽りのものだと気づく、というストーリー。なぜ仕組まれたのか、妻や上司の正体は？　幸せだと思っていた生活が崩れるきっかけは？

うーん……書いてみると、あまりにもざっくりしている。「偽り」とはずいぶん漠然《ばくぜん》とした表現だ。普通に生活しているのに「偽り」？　記憶喪失《そうしつ》か？　いや、今どきそれは……古くない？

記憶喪失じゃないなら、何？

「うーん……」

考えている間にいつの間にかうたた寝をしていた。はっと気がつくと、もう昼ではないか。

食欲、はあまりないが、妻から「ちゃんと食べるように」と言われているし、自分としても食事くらいはしたい。人に用意してもらえるんだし。

一階の食堂へ向かうと、入口に「今日のランチ　ごろごろカレー」と書いてあった。

食堂の中はけっこうにぎわっている。宿泊客だけではなさそう。近所の食堂としてもやっているのかもしれない。

「こんにちは、塚越さん」

この声こそぶたぶた。

振り向くと、やはりぶたぶたがトレイを持って立っていた。会うのは昨日のカウンセリング以来か？　昨日ほど驚かなかったから、少し慣れたかもしれない。それにしてもトレイが大きすぎる。

「昨夜は眠れましたか？」

「あ、はい……」

そうとは言い切れないが、どうもそう訊かれると医師に対してもそんなふうに言ってしまう。悪いクセだ、とは思うのだが。

「どうぞ座ってください」

さっさとテーブルに着かされる。

「今日のお昼はカレーしかないんです、すみません」

「いえ、それはかまいません」

作ってもらって文句は言えない。

「混んでますね」

「ええ、お昼は近所の方がいらっしゃるので」

ああ、そういえば昨日も車がいっぱいだった。

「じゃ、持ってきますね」

ぶたぶたはせかせかと厨房《ちゅうぼう》へ行ってしまった。ぬいぐるみなのに……給仕をしているのか。シーナはどうしたんだろうか？

厨房の方に目をやっていると、さっき入っていったぶたぶたが再び出てきた。なんと、カレーの載《の》ったトレイを頭の上に掲《かか》げて！　半分つぶれている⁉

思わず立ち上がってしまったが、あれが自分のカレーとは限らないな、と考えて座るのもなんだな、とか中腰《ちゅうごし》になっているうちに、ぶたぶたが充雄のテーブル脇へやってくる。危なっかしい。カレーは汁ではないので、こぼれていないけど。昨夜は若い男性が配膳《はいぜん》していたのに！

「はい、どうぞ」

戸惑っているうちに、ぴょんと勢《いきお》いをつけてトレイがテーブルに置かれる。食器が音を立てるわけでもなく、静かに普通に。普通とは、とつい思うがじかし、置かれたカ

レーに驚き、

「……大盛りを頼んだ憶《おぼ》えはないんですが」

と言ってしまう。

「いえ、これが普通盛りです。ごめんなさい、多いって言えばよかったですね。無理だったら残してくださいね」

なんだかすごく申し訳なさそうに言われてしまう。

「あ、大丈夫です……」

とは答えたものの自信はない。でも、ちょっと安心したようになった点目を見ると、まあいいか、と思えてくる。残してもいいって言ってたし（もったいないけど）。

気を引き締めてカレーに向き合うことにする。丸い皿ではなく、楕円《だえん》の深皿なところがなんだかレトロ。しかも味噌汁付きだ。これでスプーンがナプキンにくるまれていたら完璧《かんぺき》なのだが、そこまでではなかった。テーブルに設置されたカトラリーケースからスプーンを取る。

カレーには肉がほんとにごろごろ入っている。野菜はじゃがいもやにんじん、玉ねぎはもちろん、ブロッコリーやかぼちゃ、青菜やじゃがいもとは違う芋《いも》など、すごく豊富《ほうふ》だ。ごはんもカレールウも皿からあふれそう。これが普通盛りとは。

しかし刺激的《しげきてき》な香りに、食欲が湧くのを感じる。

じゃがいもと豚肉とごはんをスプーンですくって、口に入れた。噛むのが大変と思うくらい。

「……うま」

じゃがいもはほくほくだ。肉は柔らかく、ルーは辛さと甘みのバランスが絶妙。ほどよく硬めに炊《た》かれたごはんと、すごく合う。もう一口、もう一口と進んでしまう。にんじんやブロッコリーは少し歯ごたえがあり、かぼちゃや他の芋類は揚《あ》げてある？　手が込んでいるのに、昔食べた給食《きゅうしょく》のカレーをなぜか思い出す。同じ味というわけもないし、こっちの方が圧倒的にスパイスが効いているというのもわかるのに。

味噌汁は大根《だいこん》と長ネギと玉子。玉子！　これもまたなぜかなつかしい。割ると黄身《きみ》がとろけておいしい。

残すんじゃないかと危惧《きぐ》したがそんなこともなく、あっけなく完食してしまった。最近食欲落ちているのに――呆然と空《から》の皿を見つめていると、

「お下げしますね」

ぶたぶたがさっと皿を下げる。またジャンプしながら。その手早さ、職人技（？）だ。

「食後に飲み物つきますよ。コーヒーと紅茶《こうちゃ》、どちらにしますか？　アイスにもできます」

「あ、えーと、ホットコーヒーをお願いします」

「はい、お待ちください」

しばらくして、ぶたぶたがコーヒーを持ってくる。

「どうぞ」

「……ありがとうございます」

このコーヒーはどういう状況でいれられたものだろうか。それを言うなら、カレーも。……ぬいぐるみが作ってるなんてことはないよな、はは、まさか。

一人で密かに苦笑《くしょう》しながら、カップに口をつける。う、おいしい……。食後にぴったりのすっきりした味わいだ。香りもしっかりしているし、苦味《にがみ》があとに残らない。久しぶりにこんなうまいコーヒーを飲んだ。

思いがけず、満足感とゆったりとした気分に包まれる。

食べすぎか、と思ったが、苦しくはなかった。しかし、こんなペースで食事をしていたら、太ってしまいそう。いや、うつになってからやせてしまったから、いいのか？

でも、やることと言ったら散歩して食べるだけ。「休んでいる」とは言えるのだろうが、小説が書けないのはうつのせい？　いや、これは多分、経験が浅すぎるせい……。

部屋に戻るか、また温泉に浸かるか、それともまた散歩に出るか迷い、少し歩くことにした。天気がいい日だから。雪が降ったら、外を歩けなくなるかもしれない。

山の方ではなく、駐車場を抜けて、建物の周りをウロウロしようか、と思っていたところ、一台の車にシーナが乗り込もうとしているのを見かけた。

「シーナさん」

思わず声をかける。シーナは手を止めて、振り向いた。

「お帰りですか？」

「はい、今日は早番《はやばん》だったから」

「あの……すみません、ちょっと訊きたいことがあるんです」

気がつくと、そんなことを言っていた。

「なんでしょう？」

彼女は怪訝《けげん》な表情だ。充雄は頭に浮かんだ質問をためらいながら口に出した。

「あの……アイデアってどんなふうに考えるんですか？」

「は？」

今度はきょとんとした顔になった。

「あの……実は、ここには病気療養で来ているんですけど、その間、しょ、小説を書こうと思っていて」

つっかえてしまったが、言ってしまった。

「でも、実は小説って書いたことがなくて……」

実はばっかり、と思ったら、一瞬頭が真っ白になって、声が出なくなった。

すると、

「アイデアってストーリーの、ってことですか？」

シーナが助け舟を出してくれた。

「そうです」

そう、ストーリー――ってどうやって考えるの？

「シーナさんのネタ帳を拾って、そういうこと何も知らないって思ったので……」

あこがれとイメージだけだった、と知ったのだ。それでもいいのかもしれない。そういう印象を抱《いだ》きつつ書かないのが、一番美しいのかも、と思う。だって「書けない」と思い知るのは悲しいじゃないか。

「ストーリー……ストーリーって、うーん……」

シーナは困ったように顔をしかめる。

「あの、これからすぐ家に帰らないといけないんです、わたし」

「あ、そ、そうですよね」

仕事終わりなんだし。

「今朝の場所、憶えてますか？」

「はい」

「明日もわたし、早番なので、そこでちょっとお話ししません？　時間も同じくらいで」

「あ、はい」

充雄の返事を聞いてうなずくと、シーナは車に乗って行ってしまった。

部屋に帰ってから改めて考えると、とんでもないことをしたような気分になった。

初対面も同然の女性に変なことを言ってしまった、というのだけで充分恥ずかしいのに、ネタ帳とかアイデアとか、さらにわけのわからないことを訊いて……はっきり言って彼女、だいぶ引いてた。明日は来ないかもしれない。

いろいろ考えながら夕食を食べていたら、味がよくわからなかった。……嘘です。大皿におかず山盛りのバイキングみたいな夕食で、肉じゃがと白菜《はくさい》の漬物《つけもの》が特にうまかった。

食べすぎてお腹《なか》が苦しくて、寝るのが遅くなってしまう。これで眠剤を飲んで寝過ごしてしまえば、と思ったりもしたが、しっかり早朝覚醒をする。病気が憎《にく》い。

行かないのはやはり失礼なので、行って謝《あやま》るしかないな、と覚悟を決める。

昨日と同じ場所へ行くと、もうシーナが岩に座って待っていた。

「おはようございますー」

元気に挨拶されて、ちょっと緊張が解《と》ける。

「座ってください」

間を空《あ》けて隣に座る。

「どうぞ。コンビニのコーヒーですけど」

「あ、ありがとうございます」

久しぶりに飲むコンビニのコーヒーはけっこうおいしかった。

「ぶたぶたさんのいれるコーヒーにはかなわないですけど、いつも飲めるわけじゃないので」

そう言われて、ちょっとむせた。

「ぶたぶたさんの……コーヒー？」

どういうこと？

「昨日、飲んでませんでした？　ランチのあとに」

「の、飲みました。うまかったですよ」

あんなうまいコーヒー、久々と思ったのだが。

「あれ、ぶたぶたさんが一杯いっぱいドリップしてるんです」

「え？」

「わたしや他の人がいれる時もあるんですけど、同じ豆でも違うんですよねー。それなりの味にしかならない」

「え、あ、あの、ちょっと待ってください」

混乱の極《きわ》み。

「ぬいぐるみ、が、コーヒーをいれてるんですか？」

「そうですよ」

「そんな……まさか」

「コーヒーだけじゃなく、食事を作ってるのもぶたぶたさんですよ」

充雄はぽかんと口を開けた。

「そんな、ぬいぐるみじゃないですか！」

さっきと同じようなことを言ってしまう。

「昨日のカレーも夕食も、おとといのうどんも、ぶたぶたさんが調理してますよ」

「ほんとに……？」

シーナはうなずく。

食堂から調理しているところは見えなかった。一応窓口があるから、そこからのぞけば見えたのかもしれないが、昨日もおとといも充雄はそこに背を向けて座っていた。ぶたぶたはカレーを運んできたが、運ぶだけだと思っていたから、作っているなんて、そんな！

「それ聞いて、どう思いました？」

「え？」

「昨日、質問してましたよね。アイデアとかストーリーってどう考えるのかって」

「はい」

「ぶたぶたさんみたいな存在が目の前にいたら、自然に浮かんできません？」

そう言われて、はっとしたが、

「……驚きすぎて、そういうふうには考えられませんでした」

と正直に答える。

「彼に初めて会った時に、どう思いましたか？」

その問いに思い出してみる。駅前の細い道、ガタガタ走る自動車、中から降りてくる小さなぬいぐるみ——。

「——ファンタジー小説みたいだなって思いました」

「それだけでも充分ですよ」

「え？」

「そう思いついたことを書くのが、『ネタ帳』なんですよ」

言われてしばらく考え、

「なるほど～」

心から感心してしまった。

「やっぱりプロの考えることは違いますね」

「いや……プロと言っても……わたしのこと知ってます？」

シーナからペンネームを言われ、知らないので焦《あせ》る。

「ご、ごめんなさい、すみません……」

「いいんです。主《おも》に描いているのはＢＬなので」

「ＢＬ……ってボーイズラブのことですか」

「あ、それはご存知なんですね」

「娘が好きで読んでたから……」

充雄は読んだことはないが。

「ほんとに小説家になりたいんですか？」

シーナが言う。

そう改めて訊かれると、答えに詰まる。あこがれてはいるが、ここに来るまでネタ帳のことすら知らなかったというか、考えたこともなかったのだから。

でも、

「小説は書きたいです」

一度でいいから。せめて、目指している賞に応募できるくらいの長編作品を書いてみたい。だが、いきなりはやっぱり無理なのか。

「そうですか」

「小説読んでると、現実のことを少しだけ忘れられます」

没頭《ぼっとう》すればするほど、本当に周りから音がなくなるほどだ。最近は病気のせいで少し集中力がないが、治《なお》れば元に戻ると思いたい。

「そういう小説が書きたい」

一生に一度でもいいから。

「けど、書いたこともないし、プロットも考えられないなんて、こういう人間は書けないんでしょうね」

「そんなことないですよ。動機《どうき》なんてなんでもいいんです」

シーナの言葉に、充雄はまた驚く。

「なんとなくあこがれているってくらいの淡《あわ》い動機でも？」

「もちろんです。ちゃんと小説を書けば。ついでに言うと、マンガ家もそうです。誰でも最初は、小説もマンガもかいたことのない人なんですからね」

「ちゃんと小説を書けばって……」

「最初からちゃんとかける人もいないんですよ」

そうか。うまく書けないのが当たり前なのか。

「いや、中にはいますけど……そういう人は天才みたいなもんだから……」

なんか小さくブツブツ言ってるが、すぐに声を張り上げ、

「だから、ネタ帳っていうか、思いついたこと気になったことは、なんでも書いておくといいですよ」

「わかりました」

充雄は素直にうなずく。

「今一番気になってることはなんですか？」

「そりゃあ……ぶたぶたさんでしょう」

シーナはなぜか満足げにうんうんとうなずく。

「そうですよね」

病気のことも気になるけれど……ぶたぶたを見ていると、本に夢中になっている時みたいな気分になる。他のことをいっとき忘れてしまうってことなのだが。

「じゃあ、がんばって」

彼女はそう言ってにっこり笑い、立ち上がった。

「では、朝食の席でまた」

「は、はい。あ、こんな素人の質問に答えていただいて、ありがとうございました」

「いえ、どういたしまして」

シーナは、慣れた様子で山道を素早く降りていった。

朝食後、部屋に帰った充雄は、ノートを開いた。
思いついたことを書けと言われたので、そのまま、
思いついたことを書くのがネタ帳

と書いてみた。

「うわ、バカみたい」

思わずつぶやく。これって日記とは違うの？　いや、日記はその日あったことを書くものだ。もちろん思いついたことを書くだけでもいいんだけど。

……日記も長続きしたことないんだけど。

という事実に行き当たって、愕然《がくぜん》とするが、いやいや……やってみなければわからないではないか。ただ思いついたことを書くだけなんだから。

シーナのネタ帳には、ぶたぶたの絵が描いてあった。では、自分も文章で書いてみようか。

まず手始めに、初めて会った時のことを書いてみた。映画『第三の男』のラストシーンを思い出しながら。

次の日は朝の散歩を済ませてから、混む前に食堂へ行った。

ぶたぶたを観察しようと思っていたが、やはりぶたぶたの姿はない。当たり前だ、厨房の中にいるから。

今朝の朝食も昨日とあまり変わらない。しかし、小鉢は選べるし煮物も味噌汁も変わっているので今日もおいしく食べられた。「おいしい」と思えるだけで、充分ありがたい。

今日はぶたぶたの観察をしようと思ったのに、初日からつまずいてしまった。

――てなことも、ネタ帳に書いておいた。やっぱり日記だな。そういえば、ここに来た日にちょっとびっくりしたことがあったから、それも書いておこう。

初老の女性が布にくるんだ謎《なぞ》のものを抱えていた。大きさからして、赤ん坊みたいな……。あれはなんだったんだろうか。ミステリー仕立てにしたいとも思っているから、そういうネタにはなりそうだが、ぶたぶたという最大の謎にどう絡《から》めればいいの？

ぶたぶたってどうやって料理してるんだろう？　おままごとみたいな小さな専用のコンロとかあるんだろうか。でもぬいぐるみだから、ガスじゃ危なそう。ＩＨかも。

うーん、想像がいまいち追いつかない。やはり資料が足りないのか。

そうだ、具体的に取材してはどうだろう。ここの宿泊客たちはみんな何かしらぶたぶたと交流を持っているはず。今まで温泉に入っても、挨拶以上の会話はしなかったが、少しは話してみるのもいいかも。

さっそく浴場へ行くと、昼近くでもけっこう人がいた。宿泊客でなくても入れるとはいえ、こんな山奥に、という気持ちはどうしてもある。

「こんにちは」

隣に身を沈める年配の男性に声をかけた。幾度かここや食堂や廊下などで顔を合わせて挨拶を交わしており、穏《おだ》やかな様子が好《この》もしい男性だ。いつも誰かと話していて、話し好きと思われる。確か「ウメさん」と呼ばれていた。

「ああ、こんにちは」

にこやかな返事に安心する。

とはいえ、いきなり病状とかはたずねられない。となると——。

「どちらからいらしたんですか?」

「ああ、わたしは近所です。ふもとの町ですよ」

町名を言われたが、土地勘《かん》がないのでいまいちわからない。

「そうですか。僕は東京です」

「東京からってことは、車で?」

「いえ、駅まで迎えに来てもらいました」

「ああ……じゃあ、初めてぶたぶたさんに会ったのは駅ということですね」

はっ。なんと自然な話の流れ！

「はあ、まあ……」

しかしどう返せばいいのかわからず、マヌケなことを言ってしまう。しかし、

「いやいや、実はわたし、ぶたぶたさんに初めて会った時のこと、ここの泊まり客から聞くのが大好きなんです」

ウメさんの意外な言葉に充雄は驚く。

「年寄りですし、仕事ももう息子たちにまかせてあるから、ここに来ることくらいしか楽しみがなくて。ここならぶたぶたさんもいるし、うまいメシが食えるし、こうやって温泉にも浸かれる」

彼ははあ〜と声をあげ、ちょっと湯に沈んだ。

「歳を取るとつい病気自慢《じまん》しちゃうけど、なかなか他の人には訊けないしね。わたしは、ちょっと腰が悪いくらいだけだけど、ここにはけっこう深刻《しんこく》な人も来ますから。話は主にぶたぶたさんのことになりますよ」

「なるほど」

一番無難《ぶなん》な話題が「動くぬいぐるみ」……って、無難とは⁉

「わたしはね、畑で会ったんです。突然ぶたぶたさんが来て」

「畑？　農家さんですか？」

「そうです。うちの野菜を使いたいって言ってやってきて」

「それは……驚いたでしょう？」

これまたマヌケな返事。驚かない人なんているのか？

「そりゃあね。声かけられて振り向いたら、ぬいぐるみが立ってるんですよ。他にだーれもいないの。わたしとぶたぶたさんだけ」

「ああ、僕も駅で会った時は二人だけでした。不思議な空間ですよね」

現実とは思えない空間だった。

「あ、他に誰かいたら、驚かないのかな？」

と言ってから、そんなことなかったな、と思い直す。

「いやいや、周りの人は驚かないのに自分だけ驚いててまた戸惑うっていう人もいっぱいいましたよ」

さすが抜かりない。どれだけ話を聞いているのだろうか。もはや収集だな。

「それで、うちの野菜をここで使ったり、売ったりしてもらってるんです。みんな、わざわざ車で買いに来てくれるんですよ。温泉にも入れるしね」

道の駅みたいだな。それもあってにぎわっているのか。

「ここは昔からの湯治場なんですか？」

「そうですね。わたしが子供の頃からそうだったかな。けど、いつ頃かなあ、十年前くらい？　いったん閉めちゃったんですよね。それをぶたぶたさんが再開したの。いい湯だったからもったいないと思ってたんですよね。けど、そういうのだけじゃ、最近はやってけないでしょ？」

「そうですよねえ……」

どこもかしこもそんな話ばかりだ。

「それでもここは人が来てますよね？」

「ぶたぶたさんは働き者だし、サービス精神旺盛《おうせい》だし、いろいろ新しいこと考えてますからね。食事は前の経営者《けいえいしゃ》の時からうまかったんですけど、ぶたぶたさんの料理も同じくらいうまくて。あと、甘いものとかコーヒーとか、わざわざ勉強してね。だからなのか、若い人も増えてますよ」

ごく普通の人の話のように聞こえるが、これはぬいぐるみの話なのだ。

「あなた、甘いものは？」

「あ、えーと、あまり食べません」

酒もそんなに飲めないが、甘いものも少し苦手だ。というより、興味《きようみ》が湧かない。

「ここの甘いものはおいしいよ」

そういえば、昼のメニューにデザートもあった。ケーキとかあったような。

「うちのさつまいもを使ったスイートポテトもあるんですよ。ほんとうまいから。たくさん作れるのなら、うちの農園《のうえん》で売りたいくらい」

自分のところの野菜だから、余計においしさが増すのかな。

「一度食べてみてくださいよ」

そう言ってウメさんは温泉から上がっていった。


ホカホカになって部屋へ戻り、さっきの話をネタ帳にメモる。ただ聞いた話を書くだけなのに、妙に楽しい。初めての感覚だった。小説じゃなくても、文章書くって楽しいのか。大変だとは思っていたけど、それ以外の感情が湧き起こるなんて想像もしていなかった。文章は……仕事で書かねばならないものは、苦労したなあ。もっと早くやればよかった。「自分にはできそうにない」「苦手」って気持ちが無意識にあったのかもしれない。病気のせいもあるだろうけれど、仕事にばかりかまけて、ワーカホリック気味でもあったから、知らずしらずのうちに視野《しや》が狭くなっていたのかも。

よし。じゃあまずは一つやったことのないことをしてみよう。

それに関しては悩まなかった。甘いものを食べよう。今まで進んで食べたことってなかったから。

午後の食堂は、昼ほどではないがほどほどにぎわっていた。営業は三時まで。それ以降の利用は宿泊客のみになるらしい。なるほど、今は「カフェタイム」となっている。ランチも売り切れなければ食べられるみたいだが、今日はやめておこう。甘いものの別腹が初心者の自分にあるとは思えない。

「いらっしゃいませ～」

ぶたぶたが給仕をしていた。やった！

朝、炊飯器《すいはんき》などが置かれていたテーブルには、透明なケースに入ったケーキなどがあった。なんかフランス料理とかで出てくる丸いドームみたいなやつの透明版。おしゃれな感じだ。

「あの、ケーキをいただきたいんですが」

注文を取りに来たぶたぶたにそう言うと、なんだかうれしそうな顔をした。点目なのに。

「はい、今日のケーキはガトーショコラとバナナパウンドケーキです。スイートポテトもありますよ」

やった、さっきおすすめしてもらったやつ。

「スイートポテトをください」

「飲み物とセットはいかがですか？」

ぶたぶたはメニューを指（？）で差す。この手にもだいぶ慣れた。

「コーヒーは自家焙煎《じかばいせん》してます。紅茶は日本産のリーフをポットでお出しします。ハーブティーは自家製です。カモミールとペパーミントとレモングラスのブレンドです。すべてアイスにもできます」

「リ、リーフ……？」

レモングラスもわからない。レモンと違うの？

「あ、ええと、ティーバッグなんかだと細かくなってますけど、茶葉っていうぐらいなので、元々は葉っぱなんです。それをそのままってことです」

「そうなんですか」

紅茶はあまり飲まないので、知らなかった。これもネタ帳に書いておかなくちゃ。

「レモングラスは？」

カモミールって花だよね？　娘たちが好きな小さな花。

「レモンと似た香りがするハーブで、料理でもよく使われてます。トムヤムクンとか」

「へーっ」

なんだか感心するばかりだが、今度は選べなくなってしまった。昨日飲んだコーヒーがとてもおいしかったのでまた飲みたいと思ってはいるのだが、他のにも力を入れてそう。それらも試してみたい。

「えーと……おすすめは？」

「そうですね……。全部おすすめなんですが」

ぶたぶたはそう言いながら、鼻をぷにぷに押している。心持ち目の間にシワを寄せているようにも？

「今朝、豆を焙煎したばかりなので、ホットコーヒーでしょうか」

「昨日飲んだのと同じですか？」

「あ、えーと、昨日のは浅《あさ》煎《い》りだったんですけど、今日のは深《ふか》煎りにしてます。少し味が違うと思うんです」

「じゃあ、それをお願いします」

「お待ちください」

ちょこちょこと厨房に戻っていくぶたぶたの後ろ姿をしっかり観察する。なんと、しっぽは丸まっているのではなく、きゅっと結び目ができているではないか。かわいい。

待っている間、店内を見渡す。一般客らしき人は少なくなっていた。食堂すぐ外の販売スペースはまだにぎわっているが。

「コーヒーとスイートポテトです」

またまたでかすぎるトレイを頭に掲げてぶたぶたがやってきた。コーヒーが一滴《いってき》もこぼれないとはどういうことだろうか。

「どうぞ」

もはや見慣れた感のジャンプで、スイートポテトがテーブルに置かれる。まるでバレ

リーナだ。脇見をしていなければごく普通の接客であろう。そして、

「ありがとうございました」

と帰った客のテーブルを片づけるためにサッと移動していく。一連の動きに、ぎこちなさは一つもない。

ネタ帳を出して（持ち歩くことにした）メモりたい気分だったが、失礼かなと思って我慢《がまん》する。

とにかく、スイートポテトだ。これも取材。おお、なんかかっこいい。

その前にコーヒーをいただく。

うん、昨日のより濃厚《のうこう》な感じ。この苦みは、甘いものに合うようにしているのかな？

……って、実はコーヒーのこともよくわからないんだけど。

気を取り直して、木《こ》の葉《は》型のスイートポテトを一口大に切って、口に入れた。

おお、なんかホクホクしている。すごく甘い焼き芋を食べているみたい。でも、クリーミーな味わいもある。さつまいもの自然な甘さを引き立てている感じだ。

おいしい、と思いながらコーヒーを口に含むと、おお、本当によく合う。クリーミーさがコーヒーの熱さに溶《と》ける。芋には緑茶《りょくちゃ》とかの方がいいだろ、とも思ったのだが、

そんなことなかった。コーヒーの苦みが口の中をサッとリセットしてくれる。ふた口目も最初のひと口と同じくらい新鮮に、いや、今度はシナモンの香りも感じられる。次々と新しい味が現れるのだ。

あっという間にスイートポテトを食べてしまった。「もっと食べたい」とすら感じた。小ぶりだったから……。

コーヒーを飲んでのんびりと過ごす。おやつを食べて休憩、って今まで無駄な時間ではないか、と思っていた。飲み物だけだったら仕事しながら飲めばいいのに、とか、おやつ食べてる間も何かすれば、としか思わなかったことを反省したい。おいしいものは気分を落ち着かせてくれる。食べず嫌《ぎら》いとも言えたのかなあ。

ぶたぶたがレジに立っていたので、あわてて席を離れる。

「ありがとうございました」

コーヒーもお菓子も安い……。大丈夫なのかな、と思ってしまう。

「あの、これって……ぶたぶた、さんが作っているとお聞きしたんですが」

ぎこちなくたずねる。

「あ、はい。そうです」

「料理も、って……」

「そうですね。ほとんどのものはわたしが作ってます」

ここまで訊いたはいいが、そのあとなんと続けたらいいのかわからなくなる。取材って思うからだろうか。情報を仕入れなくちゃ、と思ってしまうから？

「スイートポテトはいかがでしたか？　正直なご意見を聞かせていただきたいんですけど」

黙っている充雄に対し、ぶたぶたが質問をしてくれた。話のきっかけができて、ほっとする。

「とてもおいしかったです。僕、甘いもの実は苦手なんですけど、ウメさんからすすめていただいたので」

「えー、そうなんですか！　まあ、ウメさんとこのお芋がおいしいですからね。なるべくその味を生かして作ったんで、甘いもの苦手の方でも食べられるかと」

「食べられました」

なんか、初めて甘いものを「おいしい」と思ったかも。というか、初めて興味が湧いたみたいな。

「コーヒーもおいしかったです。お菓子にとても合いますね」

「うちの焼き菓子はほんとにお茶菓子として作ってますから。緑茶にも合いますよ」

「え、買っていこうかな」

緑茶なら部屋でも飲める。

「あ、えーと、もう外の販売スペースのは売り切れてしまったようです。レジのクッキーならまだ残ってますが」

え、さっきはけっこうあったはずなのに。やっぱり人気なんだ。

「じゃあクッキー、ください」

「ありがとうございます」

レジでお金を払い、かわいくラッピングされたきび砂糖《ざとう》のクッキーを買う。薄茶色の丸が五個。家にあったら妻と娘たちに食べられてしまう。充雄の割当《わりあて》はない。

「お父さん、甘いもの好きじゃないよね」

いや、好きか嫌いかも考えたことがなかったのだ。

そんなことを、部屋に帰って、素朴《そぼく》な味のクッキーを食べながらノートに書いた。シーナのように絵が描けるといいんだけど。さすがに絵心についての自覚はある。

でも、文章で記憶をちゃんと記録するのも楽しい。見たままを書こうとすると難しいのだが、そんな時はあきらめて箇条《かじょう》書きにしたりする。忘れる前に書かないと、と思ってしまう。

思いつくまま書いていると、時間を忘れる。ちっとも眠くならない。

その時、ぶたぶたの言葉が蘇《よみがえ》った。

楽しいことであっても知らないうちに疲れてしまうようなご病気でしょうから、くれぐれも無理なさらずに。

仕事でもよく徹夜していた。夜遅い方が集中力が上がるから、と。昼夜逆転というか、昼は仮眠《かみん》程度で済ませたり。

そのうち眠れなくなって、今に至るわけだ。

医師から何度も同じようなことを言われている。けれど、今までは忘れてしまっていた。無理していた頃に戻りたいとすら思った。それで身体を壊したのに。

充雄はぶたぶたの言葉を書き留めると、ノートを閉じた。そして、眠剤を飲み、ベッドに横になる。

いろいろ考え事が浮かぶけれども、ぶたぶたの点目のことを考えているうちに、いつの間にか眠ってしまった。

次の日も、充雄は温泉や食堂で隣になった人などに話しかけ、ぶたぶたの話をした。

彼のことは、みんな語りたがる。

「ぶたぶたさんのこと、知らない人には話しづらいじゃない？」

まるで内緒話のように言うマダム。彼女は、ここに来た時に赤ちゃんみたいなものを抱いてた人だ。

再び見かけた時はびっくりした。しかも、隣の席に来たから――。

彼女を観察していれば、あの赤ちゃんみたいなものがなんなのかわかるかも、とちら見ていたせいか、向こうから話しかけてきたのは幸いだった。が、肝心《かんじん》なことはさっぱりわからない。孫の話はしていたが、もう十代だと言うし。

もういっそ、単刀直入《たんとうちょくにゅう》にたずねようかと考えていた時、

「あら、ぶたぶたさん、持ってきてくれたの？」

なんとぶたぶたがそれを抱えて、食堂に入ってきた。抱えている？　いや、それは無理だ。トレイみたいに、やっぱり頭の上に掲げている。ほとんど同じ大きさではないか！　それ、危なくない⁉　ほんとに赤ちゃんだとしたら！　でも――今日は布ではなく、なんと新聞紙でくるんでいる⁉　それってどういう意味⁉

呆然としていると、シーナがやってきて、ひょいとそれを持ち上げた。

「あれ、塚越さん、どうしたんですか？」

ぶたぶたに声をかけられる。

「すごくびっくりしてるみたいな顔ですけど」

「いや、あの……それはなんでしょう？」

震《ふる》える指を上げる。

「ああ、これ、白菜です」

白菜！

ぺらんと新聞紙をめくると、とても立派な白菜が顔を出した。

「お、大きいですね……」

「ウメさんとこの白菜はそうなんですよ。すごくおいしいし」

……「その赤ちゃんみたいなもの」とか言わないでよかった。

「今夜はこの白菜と山のキノコの鍋です。これからキノコを採《と》りに行ってきます」

ぶたぶたはそう言って、「じゃ！」と手を上げ、走って出ていってしまった。

「え、あ、お手伝いとか……」

キノコは軽いけど、一人で大丈夫だろうか。

「キノコはいつもウメさんと採りに行くんですよ。山菜《さんさい》とキノコに関しては二人だけで行った方が効率《こうりつ》いいの。どれを採って、どれを残してとかもわかんないでしょ、あたしたちじゃ」

白菜夫人が言う。

「そ、そうですね」

「あなたは今夜のお鍋が食べられるわけよね。楽しみよねえ」

そう言いながら、彼女は白菜を風呂敷《ふろしき》にくるんで、食堂を出ていった。そうか、布は風呂敷……。

しばらく呆然としたままだったが、そろそろ午後の三時だ。充雄も席を立った。

最近は食堂外の販売スペースで焼き菓子などを買うことが増えた。しかし、今日もまたすべて売り切れていた。しまった。先に買っておけばよかった。

がっかりしている充雄に、シーナが声をかける。

「塚越さん、紅茶のティーバッグがあるんですけど、それどうですか？」

「ティーバッグ？　リーフのじゃなくて？」

リーフだと部屋ではいれづらいから、紅茶は買ったことなかったのだが。

「最近、お茶農園さんが出したんです」

「あ、じゃあそれ買います」

昨日買った黒ゴマクッキーが残っているから、それに合わせたらおいしそうだ。

「ありがとうございます」

シーナから紅茶を受け取る。

「あ、あの、ネタ帳書いてます」

充雄は、いつかのように意を決して言った。そんなこと、わざわざ言わなくていいかな、と迷いつつも。

「あっ」

シーナは驚いたような声をあげた。そしてそのあと、

「それはすごい！」

と笑顔になった。

「すごいですか？」

社交辞令《しゃこうじれい》だろうが、それだけではないと思いたくてたずねる。

「続けていければ、さらにすごいです」

ただしなんとかに限る、みたいにつけ加えられてしまった。まあ、そうだよな……何事も継続《けいぞく》自体が力なのだ。

「一応ノート一冊は書き終わったんですけど」

あれから毎日、どんどん書いていったら、いつのまにか一冊目が終わってしまったのだ。

「えーっ！」

シーナはまた驚いたが、すぐに「うーん」とうなる。それはなんの「うーん」？

「そりゃ、ここはネタの宝庫《ほうこ》ですもんね」

だが、彼女はそう言って笑う。

「そうですね」

ちょっとホッとする。

「ぶたぶたさんだけじゃなくてね」

もちろん彼はとっておきのネタではあるんだけれど、そんな彼と触れ合っているというか、受け入れているからなのか、確かに他の人たちも面白《おもしろ》いし、いい人たちで——楽しい。小説が書けなくても、それだけで今の自分には充分なのかもしれない。

しかし、次のシーナの言葉に、充雄はハッとする。

「一歩目を踏み出したってことです」

それがなんの一歩なのか、というのは怖くて訊くことができなかった。


そのあと、どうやって部屋へ帰ったかは定《さだ》かではない。しばらく畳の上に座り込んだのち、炊事場《すいじば》でお湯を沸かして、紅茶をいれた。

香りがいい。紅茶の香りなんて意識したことなかったけれど。そういえば、紅茶もあまり飲まなかったな。

「あちちっ……」

味がよくわからないくらい熱かった。でも、喉を通っていく紅茶の渋《しぶ》さに、目が覚めるようだった。

充雄はネタ帳を広げ、二冊目の一行目に、

最初の一歩

とだけ書いた。

それだけでなぜか胸がいっぱいになってしまった。

ずっと歩き方を忘れているような状態だった。じっと立ち止まったり、歩いているつもりで後ろに下がっていたり、同じところでじたばたしたり――ここ一年くらいは、そんな毎日だったかもしれない。焦るばかりで、かえって自分を追い込んでいた。

でも、これが最初の一歩？

充雄は、傍らに置いてある一冊目のネタ帳に目をやる。

そうなのか？　今まで微塵《みじん》も動いていなかった自分の最初の一歩？

こんなささやかなことでも？

二冊目の一行目に、もう一度目を移す。これってタイトルみたいだな。

そう思ったら、急に文章が頭に浮かんできた。それをゆっくりとノートに書き写す。
その一文を見つめていると、スマホが通知音を鳴らす。

きき忘れてたんだけど、帰り、駅まで迎えに行こうか？

妻からのメッセージが表示される。
そうだ、物語はこんなふうに始まるに違いない。誰かの思いがけないメッセージから。
充雄は返信を急いで打ち込んだ。

ありがとう、迎えは大丈夫。小説、書けそうな気がしてきた。

脈絡《みゃくらく》がないが、焦っているので仕方がない。早く、早く思い浮かんだものを記録しなければ。

そうなの？　書き終わったら読ませてね。

そんな返事のあと、スマホは静かになった。

充雄はノートに文章の続きを書き始めた。読んでもらうためには、最後まで書かないと。

もうすぐ家に帰らなければならない。そして、その一週間後には仕事復帰だ。まだ不安はある。でも一日数分でも、こんな楽しい時間が持てれば、なんとかなるかもしれない。また少し調子が悪くなったら、ここに来ればいい。ぶたぶたに話を聞いてもらおう。好きな本の話、まだしてないし。

あと、小説のモデルになってもらってもいいかって。

最初のうちはそんなことを考えていたが、次第に書くことに熱中していった。まるで、大好きな小説を読む時みたいに。

特別室

「ここって、特別室みたいなものがあるんでしょ？」

関根朋之《せきねともゆき》は、午後のカフェタイムを楽しみに来たお客さんからそんなことを言われた。

「食堂に、ですか？」

「違うわよ、旅館としての特別室よ」

頭に浮かぶのは高級ホテルのスイートルームだが、そんな部屋はないはず。和室だとしても……かろうじて宴会《えんかい》に使えるか使えないか、いや微妙《びみょう》だろ、みたいな広さのものしかない。

「え、豪華《ごうか》な部屋なんですか？」

逆に質問をすると、

「あたしも知らないわよ」

と拍子抜《ひょうしぬ》けする答えが返ってきた。

「ぶたぶたさんに訊いた方がいいのでは」

朋之は言う。大学生のバイトである自分に訊いたってわかるわけないよー。すると彼女はハッとしたように、

「そうね。そうする。ぶたぶたさーん」

と、ぶたぶたに声をかける。トレイに載せたコーヒーを素早くテーブルに並べると、彼は小さな足をちょこちょこ動かしてこっちへやってきた。

彼は小さな桜色のぶたのぬいぐるみだ。バレーボールくらいの大きさで、突き出た鼻と黒ビーズの点目。大きな耳は右側がそっくり返っている。なんでこんなひなびた湯治場にこんな動くぬいぐるみがいるのかというと、彼がこの「里沼温泉」を経営しているのである。見た目が小さなぬいぐるみでも、中身は優しい中年男性なのだ。訳ありな自分を住み込みバイトとして雇《やと》ってくれるくらい。

「はい、なんでしょう」

そしてこれがまた、落ち着いたいい声をしている。

「ねえ、ここって特別室があるって聞いたんだけど」

「特別室?」

二人の会話が始まったところで、

「すみませーん」

と声がかかり、残念なことにそれ以上話を聞くことができなかった。

特別室とは、いったいなんだろう。気になる。あとでぶたぶたに訊いてみる。絶対に。


しかし、そのあとすっかり忘れてしまった。たまに思い出してはまた訊き忘れ、をくり返していて、どれくらいたったろうか。何しろ忙しかったから。

朋之は今大学二年生で、入学前の浪人《ろうにん》時代からこの旅館に住み込んで働いている。ほぼ毎日、客室と浴場の掃除や朝食時の給仕などを手伝ってから、車で四十分ほど離れたキャンパスへ通っている。バイトと勉強の両立は大変だが、住み込みだから食事と風呂はタダだ。特に食事はおいしい。アットホームな職場なので堅苦《かたくる》しさはなく、車があれば外出も不自由はない。試験期間やプライベートで休みたい時は、前もってぶたぶたに言っておけばいいし、かなり融通《ゆうずう》がきく。というか、ゆるい。家業の手伝いをやって、こづかいを充分にもらっている気分。

とはいえ、雑用はいくらでもある。そういうのを引き受けているとなんだかんだ忙しい日々を送ることになり、すっかり頭から抜け落ちていたのだ。

だが、なんと今日、その「特別室」の利用者が現れた。

その客は、女性二人連れだった。母親と娘にしか見えない。娘は十代半《なか》ばくらいだろうか。二人ともこれといって問題はなさそう——という見た目はあまり関係ない。ここは湯治場だから、客が来る理由は様々だ。普通に温泉旅行として楽しむ人もいる。

が、今は九月で、長期の休みじゃない時期なのだ。この女の子は、どう考えても学校を休んで来ているし、表情がいまいち冴《さ》えないようにも見える。だから、やはり何か不調や問題があるんだろうか。ずっとスマホいじってるけど……。

ついいろいろ考えてしまうが、そういう細かいことは朋之が考えることではない。チェックインの受付をしていると、ぶたぶたがやってきた。

ついつい二人の反応を観察してしまう。しかし、母親らしき女性は特にあわてた様子もなく、ぶたぶたに向かって頭を下げた。娘の方はスマホから目を上げようともしない。かなり対照的《たいしょうてき》だが、二人ともぶたぶたの知り合いかもしれないから、それなら別に不思議はない。

「離れの方にご案内しますね」

ぶたぶたが言う。ん？　離れ？　そんなものあったかな？

「それが『特別室』ですか?」

母親が言う。特別室って、あの「特別室」!?

「まあ、『特別』ってほどじゃないですけど。通称ですよ」

ぶたぶたは淡々と答える。娘は関心なさそう。

「朋之くん、一緒に行ってくれる?」

「あ、はい。お持ちしますね」

荷物を持って、あとについていく。途中で名前を教えてもらった。母親の名前は小野《おの》沢《ざわ》朔美《さくみ》。娘の名前は菜々花《ななか》。高校一年生だという。

裏手の山を少し登ると、こぢんまりとした建物が見えてくる。ここは……朋之も知っている。「離れ」といえば確かに本館からは離れているが、ただ、旅館の「離れ」としては地味すぎる。朋之の地元に朽《く》ちかけた市営《しえい》住宅があったが、それによく似ていた。朋之はこれを普段「物置」と呼んでいるし、実際にそういう使い方をしているはず。そういえばこの間、パートさんたちが掃除をしていたような。

と突然、今まで歩きスマホをしていた菜々花が悲鳴を上げる。

「待って! 電波切れたんだけど!」

誰に見せるともなく、彼女はスマホを上に掲げた。確かに「圏外《けんがい》」という表示が出ている。そうか。ここでは旅館のWi－Fiや携帯の電波は届かないのか。朋之はそっと自分のスマホを確認する。なるほど。ここら辺ではこれはただの板だ。

「それ、ちゃんと説明したでしょ？」

朔美が冷めた口調で言うと、菜々花は一瞬ひるんだ顔をする。

「あなただって、承知してたじゃない」

「……そうだけど……」

スマホと母親を見比《みくら》べながら、菜々花は戸惑ったようにつぶやく。

「とにかく、何日かここでデジタルデトックスするの」

朔美の言葉に、朋之ははっとなる。

「『それでいい』って言ってたでしょ？　それとももう帰るの？　家に帰ったって誰もいないよ。お姉ちゃんもお父さんのところに行ってるんだから」

菜々花は唇《くちびる》を噛んで、うつむいた。一瞬「帰る」と言うのかと思ったが、

「いいよ、いるよ、ここに……」

そう言った。

「ぶたぶたさんにご挨拶しなさい。お部屋を用意していただいたんだから」

菜々花はキョロキョロとあたりを見回して、朋之を見たが、ものすごく怪訝な顔をする。

「こちらよ」

朔美が手で示す方に顔を向けると、そこには当然ぬいぐるみがいるわけで。さっきよりもっと戸惑った顔をしている。

「菜々花さん、ごゆっくりおくつろぎください」

ぶたぶたの鼻がもくもくっと動き、そんな言葉が発せられる。

「なっ……！」

菜々花は変な声を出し、後《あと》ずさった。朔美は厳しい顔をしている。

次の瞬間、彼女は圏外になったスマホに目を落とした。あ、これは——現実逃避《とうひ》したとしか見えない。

「菜々花！」

朔美が怒ったような声を出すが、菜々花は顔を上げなかった。

「すみません、あとで説明しておきます」

なんとなく気まずい雰囲気の中、きれいに掃除された離れに荷物を運び入れる。六畳一間に、小さな台所とトイレ。冷蔵庫に電子レンジ、テレビと有線《ゆうせん》の電話もある。エアコンはないが、この時期だったら窓の開け閉めで調節できるだろう。真夏でもここは山の中なので充分涼しい。冬はどうするんだろう。石油ストーブかな？

「ありがとうございました」

帰る時に見送ってくれたのは、朔美だけだった。菜々花は部屋のすみに座り、背中を向けている。

本館が見える頃になって、ようやく朋之は口を開いた。

「あれが『特別室』だったんですね」

「いやいや、なんかそういう言い方が広まってるみたいだけど、ただの離れだから」

ぶたぶたが濃いピンク色の布の張られた小さな手を振りふりする。

「南《みなみ》さんの頃には住み込みさんたちの寮《りよう》として使ってたんだけどね」

「南さん」というのは、ここ里沼温泉の前の経営者だ。

「坂の途中だから雨が降ると足場も悪くなるしお風呂にも遠いし、食事を運ぶ人員《じんいん》もいないから、本館に泊まってもらった方がうちとしても楽なんだけど」

確かに人気旅館のように至れり尽くせりできるほど人がいない。それに、部屋は本館の数で充分足りているはずだ。

「あと、Ｗｉ－Ｆｉも届かない」

「あー、それは今どきの旅館としてはいかんかもしれませんね」

すでに「売り」にもできないごく普通の設備《せつび》であろう。

「けど、それがいいって言った人がいてね。それで『特別室』とも言ってたんだよね」

確かに今、そういうところは「特別」なのかも。けど、

「不便《ふべん》じゃありませんか？」

「いや、Ｗｉ－Ｆｉも携帯の電波も届かないのがいいんだって。これがいわゆるデジタルデトックスだよね」

さっきもそう言ってたな。

「緊急の時、困りません？」

「普通の黒電話ならあるからね。使い勝手はよくないかもだけど、連絡先を教え合っとけばなんとかなるよ」

そりゃ昔はそうだったんだもんな。って、全然知らないけど。

「簡単なキッチンはついてるから、自炊する人だけ泊まってもらうことにしたの。冷蔵庫や電子レンジもあるから、コンビニ食材持ち込みとかね」

「それって需要《じゅよう》あるんですか？」

「けっこうある。サークルの原稿を上げるための合宿《がっしゅく》とか」

「サークルって――」

少なくとも運動の、ではないよな。

「同人誌《どうじんし》とかのね」

「はああ、なるほど」

でも、そういうのも今はデジタルが主流で、結局パソコンは使うわけだよね（よく知らないけど）？　ノーパソやタブレットを使うにしても、Ｗｉ－Ｆｉないだけで作業って進むのかな。

だが、「ついスマホを見ちゃって時間がなくなる」みたいなことは、自分にもある。やらなきゃいけないことがあるのに、いつの間にか関係ないことやって時間が過ぎているなんて全然珍《めずら》しくない。結局そういうことができないところへ行くことはいくらか効果があるのかもしれない。いや、うんとあるのかも。

「けど、本館に来れば普通にＷｉ－Ｆｉあるわけでしょ？　結局そっちに部屋を変えるって人もいませんか？」

「まあ、いることはいるけど、デジタルデトックスを利用する長期の人はそんなにいないんだよ。週末だけとかね。だから、けっこう我慢できるみたいだよ」

「利用する人、初めて見ました」

「そうだねえ、ああいう若い人は初めてかもね」

ぶたぶたは鼻をぷにぷに押しながら、そう答えた。


あの母子《おやこ》、すぐに帰ってしまうかも、と思ったけれど、そういうふうに決めつけたり、病状などを詮索《せんさく》したりするのはご法度《はっと》だ。ご法度って「だめ」っていうこと。ここに来てから初めて知った言葉だった。ぶたぶたがよく使うのだ。

しかし、週が明けても、二人は帰る気配がない。しかも、母親は本館にたまにやってくるのだが（自炊のための食材を買うため）、娘はほぼ姿を見ない。内風呂《うち》はないので、こっちに入りに来ないといけないのだが、朋之は見かけていない。

「お風呂には来てるみたいだよ」

とはぶたぶたの弁《べん》。

「カラスの行水《ぎょうずい》みたいだけどね」

もったいない。よいお湯なのに。けど、朋之も中高生くらいの時はそんな感じだった。というか、シャワーのみだったな。大人からは「ちゃんと浸かれ」と言われていたけれど。ここに来てからお湯に浸かることが至福《しふく》だと気づいたようなものだ。

それにしても学校には行かなくていいのか。健康そうではあるが。行ってれば問題ないとか、そんなこともないし、人のこと言えないけどさ。

でも、本館に来ないということは、デジタルデトックスがうまくいってるということなのかもしれない。

手持《ても》ち無沙汰《ぶさた》になるのではないだろうか。あの小さな離れで、彼女は何をしているんだろう。スマホがつながらないなら、テレビを見るくらいか。ラジオも貸し出しているのだが、借りに来る気配はない。ネットがつながらないと、配信の映画とかドラマも見られないから——。

と、いろいろ考えても、それは単なる大きなお世話だ。朋之が考える必要もない。しかし、ここで仕事をしているとどうしても気になることが多いのだ。まあ、一番気になるのは、ぶたぶたのことなんだけど。

母子が滞在して一週間がたった。

いつまでいるつもりなんだろうか。

いや、この言い方だとまるで早く出ていってほしいみたいだが、旅館としてはいつまでいても全然かまわないのだ。でも、高校生の女の子は……どうなんだろう、とやはり思ってしまう。

朋之がここに住み込むようになってからは、大人のお客さんばかりだった。パートで来ているシーナ（三十代、働くお母さん）によると、病気の療養のために長期滞在する学齢《がくれい》の子供が今までいなかったわけじゃないらしい。ただ、その子たちはいろいろな意味で体調が悪く、学校へ行かないというより行けない状態だった。カウンセラーの資格を持つぶたぶたは、その子たちとよく話していたり、普段から気遣《きづか》ってあげていたのに、今回のあの女の子には何も言わない。

「それがちょっと不思議なんだよねえ」

とシーナは言う。

学校へ行くことですべてが解決するわけじゃないって、自分もわかっている。朋之だって、高校は……行ってはいたけれど、授業ではほぼ寝ていた。部活に夢中だったから、高校時代のまともな思い出がほとんどない。

家よりここの方がまだマシだと朋之は思うが、もちろんあの子は違うはずで……。

ぐるぐる考えても、結論が出るはずもなかった。だって自分には何もできない。話しかける勇気も義理《ぎり》もない。こういうことは、ぶたぶたにまかせておけば、万事《ばんじ》うまくいくのだ。

と思っていたのだが――。

ある日のこと、朔美が買い物に出かけた。

車で来ている人は、隣町にある大型ショッピングモールなどで買い物をすることが多い。食材だけだったら、旅館に注文をして受け取ることもできるし、野菜は非常に安価《あんか》で手に入る。でも、それ以外のものは自分で買いに行くか、旅館の人間に買い出しを頼まなくてはならない。

車で三十分のところにコンビニもある。朔美はどちらへ行ったのだろう。ショッピングモールはもう少しかかる。

どちらにしても一時間くらいは帰ってこられないわけだ。

こういう場合でも、あの女の子、菜々花は部屋に閉じこもっているのかな——と思いながら、薪《まき》を片づけていると、菜々花がコソコソとあたりをうかがいながら歩いているのを見かけた。薪の山の陰にいる朋之には気づいていないらしい。

手に持っているのはスマホだろうか。でも、ここはWi－Fiも携帯の電波も届かない。どこかキャッチできるところを探しているのかな。

菜々花は薪小屋の陰《かげ》に隠れた。そこから顔を少し出し、向こうをうかがっている。そこには、ぶたぶたがいた。彼の身体には大きすぎる熊手《くまで》で掃除をしている。

菜々花はスマホをぶたぶたに向ける。どうやらカメラで写真、あるいは動画を撮っている?

「ぶたぶたさん」

朋之は薪山から顔をのぞかせて、声を出す。菜々花はハッとしてスマホを隠し、そそくさと元の道を戻っていった。

その背を目で追いながら、朋之はぶたぶたに近寄る。

「あ、朋之くん、お疲れさま。今日はもう上がっていいよ。もうすぐ試験でしょ」

菜々花のことを言おうとしたが、なんとなく告げ口みたいに思えて、言わなかった。カメラで撮っていたのはぶたぶたではないかもしれないし。あくまで朋之の推測《すいそく》でしかない。

「あ、ありがとうございます。お先しますー」

自分には関係ないことだ。そう朋之は言い聞かせた。ゆるい職場であっても、お客さんに踏み込みすぎてはいけない。人との距離感《きょりかん》なんてまだ全然わからないんだし、実はわかろうとも思っていないんだから。


ところが次の日、やはり薪小屋で作業していると、菜々花から話しかけてきた。

「あの……昨日、見てましたよね？」

気づいてたんだ。

「何をでしょう？」

一応すっとぼけてみる。

「あたしがあのぬいぐるみ撮ってたとこ」

あ、普通に認めるんだね。

「見えただけですよ」

「ぬいぐるみに言ってない!?」

「言わないすよ、そんな告げ口みたいなこと」

言おうとはしたが。

「よかった……」

「撮ってどうするつもりだったんですか？」

「別に……何も」

「SNSに載せようと？」

菜々花は目に見えてうろたえているようだった。

「そんなこと……」

まあ、ありがちなことだ。ぶたぶたの存在は大変珍しいから。

「と、友だちに送ろうかなって思って……」

ネットに流せば、クローズドのところであっても関係ないというのは、朋之が一番よく知っている。

「ずっと……しゃべってないから……」

話のきっかけにしたいのか？

「友だちとしゃべりたいなら、電話すればいいんじゃないですか？」

「だってスマホ使えない……」

「部屋についてる電話、使えますよ？」

そう言うと菜々花はきょとんとした。

「部屋に電話……使えるの？」

あ、でももしかしたら。

「ダイヤル式の黒電話だったかな？」

「ダイヤル式……？」

朋之も実は使ったことはない。お客さんに説明するため、ぶたぶたに教えてもらったのだ。

「お金、いるの？」

「いや、受話器上げてダイヤルすれば大丈夫なはず」

「使い方、教えてくれる？」

「いいですよ」

スマホの電話帳があるから、番号はわかるだろう。

「お母さんに知られたくないの」

あれー、もしかして彼氏？　そりゃ気になるだろう。連絡していないのかもしれない。

「本館に公衆電話もあるよ。小銭《こぜに》いるけど、プッシュ式だし」

内緒でかけるのなら、こっちの方が確実ではないだろうか。部屋の電話はあとで料金を請求《せいきゅう》される。すぐにはバレないけど。

「今、電子マネーしかなくて」

なるほど。それでは仕方がない。

「デジタルデトックスしてるんだから、電話くらいいね」

つい言ってしまった。がんばってるんだなと思ってたから。

しかし、菜々花はぷいっと横を向く。まあ、無理もない。余計なひとことだったな。

「あんただって気になるでしょ？」

突然そんなことを言われる。あんた呼ばわりが気になったので、普通に会話をしてみよう。

「気になるって何が？」

「いいねの数とか」

「いや……俺はSNSやってないから」

「えー⁉」

そんなに驚かれることだろうか。人それぞれだろ？

「なんでやらないの？」

なんと無邪気《むじゃき》な質問。「なんでやるの？」と訊きたいと思いながらも答える。

「慣れてないからじゃない？」

他人事《ひとごと》のように言う。

「スマホ持ってないの？」

「あるわ！」

ほれほれ、とポケットから出して見せる。

「ヒマな時、何してるの？」

「何もしてないなあ」

ここに来てからはもっぱらそうだ。昔は、それこそスマホでゲームとかしていたが。

「ぼーっとしたり、たまに走りに行ったり」

「走る……」

なんか「信じられない」みたいな顔された。どうせ体育会系ですよ。「元」がつくが。

「ほんとはもっと勉強したりしなきゃいけないんだけど」

もっと実のあることができれば、といつも思うが、ぶたぶたが言うには、

「どんなことも経験になるんだよ。何もしなくたって、君の『何もしない』は君にしかないものなんだから」

……今思い出すといいのか悪いのかよくわからない言葉だ。初めて聞いた時は、なぜか感動したけど。

「ねえ、なんでやらないの？」

けっこう食い下がるな。

「さあね。トラウマがあるからじゃない？」

さっきと同じ、他人事のようだが、実は正直な答えだ。

すると、彼女の顔色が変わった。何か言おうとしたのか口を開いたとたん、奈々花のスマホの通知音が鳴った。その音に、彼女は明らかに顔色を変える。そして、そのまま

踵《きびす》を返して、離れの方に走っていってしまう。

まずいこと言っただろうか。こういうことこそ、ぶたぶたに言うべきかもしれない。

でも別に、悪いことをしたつもりはないし……。黒電話もダメなのかな。これならデジタルじゃない気がする。それってただの屁理屈《へりくつ》なんだろうか。

そんなことをぐるぐる考えていると、

「こんにちは」

声にハッと振り向くと、朔美がいた。どれくらい時間がたったかわからない。

「おかえりなさい」

朋之の挨拶に朔美は頭を下げ、離れの方へゆっくり歩いていった。

しばらくして、朔実が本館にやってきた。

ぶたぶたと外で立ち話をしている。あれ、やっぱさっきのまずかったかなあ。

「朋之くん、ちょっと」

予想どおり、ぶたぶたに呼ばれる。

「今、小野沢さんから聞いたんだけど、黒電話のこと、菜々花ちゃんに話した?」

「部屋に帰ったら、受話器がはずれてたから、どうしたのか聞いたら、電話が通じてるのか確かめようとしたらしい。でも、かけられなかったみたい」

「はい」

やり方やっぱりわかんなかったか。あのダイヤル、けっこう重いしな。

「それでね、ちょっと小野沢さんがお話をしたいって」

「ええっ？」

何を……怒られるのかな。

「いいかな？」

「は、はい」

断《ことわ》る勇気がない。ぶたぶたはうなずくと、朔実を手招きした。おずおずという様子で彼女はやってくる。叱られると思っていた朋之は意外に思う。

「あのう、菜々花は誰に電話したいと言ってましたか？」

「名前は聞いてないですけど、友だちと連絡取りたいみたいな感じでした」

彼氏かと思ったのは言わなかった。なんとなく違うような気がして。ぶたぶたを撮っていたことはどうしよう。これもまた余計なひとことになってしまうのか。

「友だち……?」

朔美は独《ひと》り言《ごと》のようにつぶやく。

「黒電話で連絡をしたいということは、電話番号を知っているということですよね?」

「そうですね」

SNS等のネット電話ではなく、携帯とかの番号を知っているということだ。

「それ以外で何か気づいたことはありますか? なんでもいいんで教えてください」

朔美はなんだか必死な声でそう言った。

「えーと……あの、その友だちのことはわかりませんが、実はぶたぶたさんの写真だか動画だかを撮ってるのを見たんです。それを友だちに送ろうかって言ってました」

迷った末に朋之は言ってしまった。朔美がすごく菜々花を心配しているように感じたからだ。

「ぶたぶたさんを……?」

朔美はぶたぶたを見る。

「撮られてるってわかってました?」

「いえ、全然」

ぶたぶたは言う。

「隠し撮りをしてたってことですか？」

「……まあ、そうなってしまいますね」

「すみません……」

朔美は頭を下げる。

「あの……お恥ずかしい話なんですが、ここに来たのはあの子があまりにもＳＮＳにハマってしまったものですから……」

いいねの数を気にするというのは、そういうことか。

「スマホを手放さなくなって、四六時中《しろくじちゅう》寝る間も惜しんでいじってて。それで、前から知っていたぶたぶたさんにご相談したんです」

「とりあえずもろもろから物理的《ぶつりてき》に距離を置くのがいいだろうってことで、ここに来てもらったの」

ぶたぶたが補足してくれる。朔美は考え込んでいるようだ。

「少し環境を変えると、変わることもあるから」

「もっと菜々花は反発すると思ったんです」

朔美が話を続ける。

「すぐに音《ね》をあげて帰りたいとか部屋変わりたいって騒《さわ》ぐと思ってたのに、けっこう平気だったから、少し安心したんですけど、いきなり友だちに電話がしたいとか……よくわからなくて」

「その友だちって誰だかわかってるんですか？」

「学校の友だちだとは思いますけど、名前とかは知らないんです。男か女かもわからない」

「ＳＮＳの友だちで、会ったこともないのかもしれないよね」

ぶたぶたが言う。

「でも、電話番号は知ってるってことでしょう？」

「今回のことをＷｉ－Ｆｉ飛んでる本館に来た時に伝えて、教えてもらったとか」

そうか。風呂には入りに来てたんだものな。

誰かに車でも出してもらわなければ、ここから出るのは大変だけれど、ＳＮＳを通じて大人と接触《せっしょく》することはできる。ここに来るのは泊まり客だけではないから、紛《まぎ》れるのは簡単だ。

「すみません、余計なこと言ってしまって」

朋之は申し訳なく思う。軽く考えていた。

「いいえ、関根さんのせいじゃないですよ」

朔美の声は優しいが……。

「話をして思ったのは、まず『彼氏』だったんです」

もう全部言うしかない。

「同年代ではない可能性もあります」

「そうですね……」

彼女の声は不安そうだ。

「公衆電話を使った可能性もありますよね。使い方を教えたこともあるし……」

「いえ、公衆電話は小銭がないからかけられないみたいなこと言ってました」

「そうなんですか？」

「はい、電子マネーしかないって」

「でも……使ってなくなったのかもしれないし……他に気になったこと、ありませんか？」

「あと気になったのは――」

これも言うしかないか。

「俺がSNSにトラウマがあるって言ったら、ちょっと顔色が変わりました」

朔美は、驚いたように顔を上げる。菜々花がSNSで何か問題を抱えているのは確かなのかもしれない。

「菜々花ちゃんから目を離さない方がいいですね」

ぶたぶたが言う。

「わかりました」

朔美は急ぎ足で離れに戻っていった。


そのあと、いつものとおり忙しく過ごし、朋之がようやく大浴場へ行けたのは、もう夜中近くだった。

誰もいない浴槽《よくそう》に身を沈めて目を閉じる。

トラウマ。口に出して言ったのは初めてだ。本当にそうなんだな。今日、初めて自覚したかもしれない。

今、朋之はSNSのたぐいには一切触れていない。大学の友人たちとの連絡にメッセージアプリは使うが、それくらいだ。

高校生の頃は、普通に使っていた。でもそれほど熱心ではなかった。夢中になっていたものがあったからだ。それは野球。幼《おさな》い頃からプロ野球選手になりたくて、野球で有名な高校に進学した。

二年生まではすべて順調で、一年生の時からピッチャーとしてマウンドに上がっていた。大学の推薦《すいせん》も早々に内定、あとは夏の甲子園《こうしえん》を目指すだけだった。部活を引退したら、大学の練習に参加できると言われていた。

高校を卒業後、すぐプロになる、ということも考えたが、悩んだ末に進学を選んだのは、母と祖父の意向《いこう》もあったからだ。

両親は、朋之が中一の頃に離婚している。母が朋之のことにばかりかまけて、姉のことをないがしろにしたからだ。父は姉を連れて自分の実家へ帰り、家業《かぎょう》の農園を継《つ》いだ。母と祖父は高校の近くに引っ越し、朋之と三人で暮らしていた（祖母は祖父の代わりに会社を切り盛りしている）。

元々朋之が野球を始めたのは、実業団《じつぎょうだん》の選手だった祖父の影響だ。母はコーチや有名な指導者から息子の才能を称賛《しょうさん》され、次第にのめり込んでいった。それが、小学校中学年の頃だ。

朋之はただただ好きなだけだったが、飲み込みが早く、センスもあった。自分より野球のうまい子はいないと信じていたし、母と祖父から毎日のようにそう言われていた。自分には思い描いたような未来がやってくると確信していた。

だがその後、状況が変わる。高校二年生の正月頃から、右腕に違和感を感じ始めた。しばらくマッサージやテーピングなどでごまかしていたが、終業式前に母や祖父に内緒でかかりつけの病院へ行った。すると、スポーツ選手を何年も診《み》てきた外科医《げかい》は、顔色も変えずに今まで聞いたことのない病名を言う。神経系《しんけいけい》の病気らしい。

「治してください。手術も覚悟しています」

夏の予選《よせん》までにはなんとかしたい。しかし医師は、

「君の症状《しょうじょう》で、手術は選択肢《せんたくし》にないです」

と言った。

「じゃあ、どうすれば……」

「休むしかないね」

朋之は目の前が真っ暗になった。休むなんてもっと選択肢にない。

「いつ頃よくなりますか？」

一縷《いちる》の望みに賭《か》けて、質問する。予選までによくなれば、なんとかなるかも——。

「それはいつとは言えないです」

淡々と医師は答える。

スポーツに怪我《けが》はつきものだが、幸いにも長期の静養が必要になったことはなかった。人より先に行けているのは、人一倍そういう運に恵まれている、とわかっていたから、それがなくなれば、自分の運はそこまで、と思っていた。

そんなこと、誰にも言ったことはないけれど。特に朋之の才能を信じて疑わない母と祖父には。

その日、病院を出た朋之は、なかなか家に帰れなかった。母と祖父にどう話そう、とずっと考えながら、街をウロウロさまよう。気をまぎらわせるために何かしたかったが、何も思い浮かばなかった。野球しかしてこなかったから。

「野球だけしていればいいんだよ。余計なことは考えないで、ただ打ち込めばいいんだから」

くり返し母と祖父に言われた言葉だ。それでいいとさっきまで自分でも思ってきた。

どうしたらいいかわからなくて、誰にも相談できないまま、時間ばかりが過ぎていく。

まさにだましだまし毎日を送っていた。なんとか夏の予選まで保《も》てば……でももし突破できたとして、そのあとどうしたら……。チーム内にピッチャーの人数が少なく、負《ふ》担《たん》が朋之にかかっていたことも故障《こしょう》の原因であろうと思われる。それもあって、監督《かんとく》やコーチに言い出せなかった。ましてや「休みたい」だなんてとても言えない。誰にも弱みを見せたくない。

それでももう、言わないわけにはいかないところまで来てしまった。予選を前にして、まずは母と祖父に打ち明ける。

「しばらく休めばいいってことでしょ？　手術も必要ないのよね？」

母は引きつった笑顔を浮かべていた。そう自分に言い聞かせているようだった。祖父はしばらく考え込んだ末、

「専門医《せんもんい》を探そう」

と言い、知り合いにすぐ連絡をつけた。同時に、監督やコーチにも祖父から電話をかける。

部内には大事を取って休むという説明をし、セカンドオピニオンを受けることになっ

た。しかし、結果は同じ。母と祖父はパニックを起こし、再び別の病院を探し始める。さらに、

「外国の病院に行こう」

とまで言い出した。

朋之は、そこまでしなくても、としか思えなかった。そんなことしていたら、どっちにしろ予選に間に合わない。結局は祖父たちもそれに気づいたのか、外国へ行くのは取りやめになったが。

それでも、痛み止めの注射を打ちながら、朋之は練習に復帰した。次第になんのために野球をしているのかわからなくなってくる。自分のためなのか、部のためなのか、チームメイトのためなのか。このまま痛み止めを打ち続けたら、投げられなくなるかも、と言われていた。けど、予選には出たい。甲子園で、せめて一回戦は突破したい。

だが、朋之は予選に出ることは叶《かな》わなかった。腕が上がらなくなってしまったのだ。予選の三日前のことだった。

チームメイトたちにはきちんと説明をしておいたはずだが、部内には明らかに落胆《らくたん》の雰囲気が漂う。せめて気分だけでも上げようと、朋之は後輩たちに、

「お前たちなら大丈夫」

と励《はげ》ました。

しかし、結果は予選敗退。ここ数年ではなかったことだった。

後輩たちは、

「来年がんばります」

そう言ってくれたが、三年生たちにはもうチャンスがない。申し訳なくて、顔もまともに見られなかった。もっと早く打ち明けていれば——治療の選択肢があったら——そもそも自分が病気にならなければ。

後悔《こうかい》ばかりの日々だった。さらにそれに追い打ちをかけるような出来事が起こる。朋之は疲弊《ひへい》し、学校へ行けなくなった。

そんな時、父から電話がかかってきたのだ。

「大変なことになってるってお母さんから聞いて」

五年ぶりに聞く父の声だった。離婚して以来、父とは会ってもいない。会いたくないわけではなかったが、忙しくて……。父はいつも「無理するな」と言っていた。昔の朋之には、それが不満だった。もっと応援してもらいたかった。結果にはとても喜んでくれたが、どことなく寂しそうな顔をしていたように記憶している。それも朋之を不安にさせた。もっとお父さんに喜んでもらいたかった。

でも今、父はこうなることを恐れていたのかもしれない、と思えた。

朋之は、病気のことや治療のこと、部活や学校のことなどを父に話した。黙って話を聞いていた父は、やがてこう言った。

「こっちにいい湯治場があるから、来てみないか？」

「湯治場？」

「温泉に浸かって、病気や怪我を癒《いや》す場所だよ」

そんなところがあるの？

「そこのご主人がとてもいい人だから。いろいろなことを聞いてくれるよ」

人に何か聞いてもらいたい、と思うことなどなかった。現状だって、できれば言いたくない。しかし、

「何もせずにお湯に浸かって、あとは寝ていてもいい。そのあと、いろいろなことを考えればいいよ」

そう言われて、朋之は行く気になった。祖父や母は、別の病院を探したり、新しい治

療法はないかと探すばかりで、「ゆっくり休む」という選択肢はないようだ。とにかく早く治したい。それだけ。

休むことをちゃんと考えてくれたのは、父だけだった。

次の日には、父が迎えに来た。

母は苦々しい顔をしていた。離婚してから父とまったく会わなかったのは、母の意向があったからだろうが、朋之も父も何も言わなかった。祖父は、見送りには出てこなかった。休養に反対とまでは言わないが、一番の方法ではないと考えているのだろう。

新幹線に乗って東京駅で降り、そこから車で二時間ほどの隣県に父の実家はある。小さい頃、そこへ行ったのは数えるほどだ。母の実家は、歩いて行けるほど近い。そうなるとどうしても近い方を頼ってしまうのだろう。

「実家に行くか、湯治場に直接行くか、どうする？」

サービスエリアでソフトクリームをなめながら、父は言う。

「父さんの実家の近辺には、お前が会ったことのないいとこや親戚《しんせき》も住んでる。みんないい人だが、ちょっとおせっかいだ。何かにつけて話したがると思う。それが負担なら、湯治場でしばらく過ごした方がいいんじゃないかな。どっちにしろ付き添うから。一緒の部屋がいやなら別々でもいいよ」

父は昔からこういう人だった。祖父に言わせれば「引く一歩がでかすぎる奴」。自分のことより周囲の人のことばかりで、出世《しゅっせ》にも興味がない。父は離婚前、祖父の興《おこ》した建築会社で働いていた。祖父と父は正反対の性格と言ってもいいから、うまくいっていなかったのかもしれない。

「今の仕事ってどうなの？」

朋之の質問に、父は笑って、

「大変なことも多いけど、楽しいよ。小さい頃から手伝ってたことだから」

と答えた。その顔には、昔のような寂しさはないように見えた。

「湯治場に、お父さんと行きたい。部屋も一緒でいい」

うまく話せるかわからないが、別々の部屋は寂しすぎる、と思ったから。

湯治場に着いて、車を降り、視線を感じて振り向くと、そこに小さなぶたのぬいぐるみが立っていた。

「いらっしゃいませ」

わ、しゃべった！　いや、口はない。鼻がもくもく動いたら、父と同じくらいの男の人の声が聞こえただけだ。

「お待ちしてました。里沼温泉へようこそ」

朋之は固まってしまう。

「ぶたぶたさんがこの旅館を切り盛りしてるんだよ」

「山崎ぶたぶたといいます」

ペコリと頭を下げる。

来てよかったのかな、と父親の方を見ると、持っていた紙袋をぬいぐるみに差し出す。

「これ、おみやげです」

「あ、すみません、いつもありがとうございます」

「サービスエリアで買ったものも入ってるんですけど——」

ぬいぐるみの柔らかい手が、何やら瓶《びん》をつかみ出す。重そうなのに……よく持てるな。

「あ、これは！　おいしいですよね、これ」

父との会話から、どうも朋之の地元でよく使われている調味料らしい。料理をしないので、よくわからないが。

「あ、お漬物も」

「ぜひ使ってください」

「これ、実は炒《いた》めるとおいしいんですよね。こっちのジャムは明日の朝食に使います。

この辛味噌は、肉料理に使いますね」

うれしそうに献立《こんだて》を考えている。ん？　考えてる？　考えてるだけ？

「ぶたぶたさんは、料理の名人なんだよ」

ぬいぐるみが料理!?　朋之はなんと言ったらいいのかわからず、二人を交互に見た。

二人とも、ずっとうれしそうにおみやげについて話している。

あとで父に、どうやって出会ったのか聞いてみよう。

「朋之くんが好きな料理はなんですか？」

「……好き嫌いないです」

なんでも食べる。食が身体の資本だから。

「じゃあ、今夜楽しみにしててください」

点目なのに、なぜかにっこり笑ったように見えた。

そんなふうに、朋之はぶたぶたと出会ったのだ。

その後、なんとか高校を卒業した朋之は一年浪人してこっちの大学に入った。予備校《よびこう》へ通いながら住み込みで里沼温泉で働き、運転免許《めんきょ》を取り、親戚から中古車を譲《ゆず》ってもらい、今に至る。

姉は朋之がここに来た当時、大学の寮に入っていて、次の年の夏休みに久しぶりに再会した。今もたまにしか顔を合わせないが、ぶたぶたのファンである彼女にはいつもうらやましがられている。

「姉ちゃんもここで働けばいいじゃん」

と言うと、

「いや、あたしにはやりたいことがあるから」

そんなことをキリッと言われる。やりたいことか。朋之はまだ考え中だ。野球を好きな気持ちは変わらないが、まだどう向き合っていけばいいのか、自分でもわからない。昔のように何も考えずに好きでいることは、できそうにないから。

とりあえず、今のバイトは好きだ。でもそれは、旅館経営を面白いと思っているのか、温泉が好きなのか、それとも単に働きやすいからなのか——じっくり考えているが、結論は出せない。

ぶたぶたのカウンセリングもずっと受けている。腕の痛みはないし、精神的にもだいぶ元気になった。でも、頻度《ひんど》こそ落ちたが、過去がたまにフラッシュバックする。そのたびに後悔の念にさいなまれ、思考の出口が見つからなくなる。そんな時は話を聞いてもらうのだ。悩み始めたら、なるべく早く誰かに話すこと。それを朋之は、ぶたぶたとの話し合いを続ける中で気づいた。

あの時ももっと早く大人に相談できていれば、という気持ちは忘れられない。もちろん、そうしていても結果は同じだったかもしれないが、少なくとも後悔は一つ減る。朋之から見れば、菜々花も同じ間違いを犯《おか》しそうになっている、と思えてならなかった。

でも、本人が相談する気にならなかったら、どうにもならないのだ。

次の日、大学から帰ってきて、裏の駐車場に車を停めていると、菜々花が車の前に立っていた。

「何してるんですか？」

駐車場でかくれんぼは危ない。

「待ってたの」

「よくここまで来るのをお母さんが許したね」

昨日の今日だし。

「スマホ、取り上げられたから。それに、あそこにいるし」

朔美が遠くから心配そうに見張っている。

「中身は見ないっていうか、パスコードは教えてないし」

それでも手放せなかったものを母親に預けるというのはずいぶんな変化だ。

「どうしても話したくて」

「そんなに？　何が訊きたいの？」

「……トラウマって何？」

「トラウマっていうのはー、精神的外傷《がいしょう》って意味でー」

大学の教授の真似《まね》をして、指を立て朋之は言う。

「そういうんじゃないってわかってるでしょ？」

なんかにらまれた。眼力《めぢから》すごい。ぶたぶたとは違う圧《あつ》を感じる。

「まあね」

どうしても訊きたいらしい。昨日もそんな顔をしていた。来るかな、と予感していたのだ。

「よくあることだよ。SNSで誹謗中傷《ひぼうちゅうしょう》されたんだ」

父から連絡があるちょっと前の出来事だ。SNSにこんな書き込みをされた。

『K高校の野球部ピッチャーS、実は仮病《けびょう》だった！』

『恨《うら》みのある奴にいやがらせするために、野球部を巻き込んだ』

『休んでる間、海外旅行してたらしいよ』

パスポートを取るため、役所に並んでいるところの写真が貼られていた。外国の病院に行くことになったら、ということで祖父の言いつけで取りに行っただけだし、結局ずっと日本にいた。パスポートは真っ白だ。

ショックだったのは、その投稿《とうこう》に対して、チームメイトたちがこぞって「いいね」を押していたことだ。誰が書いているかわかってやっているのだろうか。自分が知らないだけで、みんな知ってる？

確かに症状が出た際にすぐ対処していれば、という後悔はある。それは自分のミスだと思う。休んで投げられなくなることへの恐怖からだ。だが、投げ続けても結局は同じことだった。朋之の腕は、生活をする分に不自由はなくても、激しい運動には耐えられなくなっていた。

進学がどうなるのか、という問題もあった。あの段階での「推薦」は、あくまでも監督や先生からの伝聞《でんぶん》の「内定」にすぎず、大学から確約をもらったわけではない。腕が上がらないのでは、その「内定」も取り消されてしまうだろう。ろくに勉強もしてこなかったから、一般受験なんて無理かもしれない。いったいこれからどうしたら……。

何をするにしても、また歪《ゆが》めてSNSに書かれたらどうしよう。

誰が書き込んでいるかわからないということは、誰でもありえるということになってしまう。みんなに陰口を叩かれている気がして、朋之は学校に行けなくなってしまった。このままでは卒業もできなくなるかもしれない。誹謗中傷はひどくなる一方なのに、学校側の対応は不充分に感じた。母と祖父はオロオロするばかりで、何もできない。

誰の言うことも信じられなくなっていた朋之にとって、父とぶたぶたの気遣いと、この何もないからこそ何もしなくていい空気感に救われたのだ。

こんなようなことをかいつまんで菜々花に話した。

「誰が書いたか、いまだにわかんないの？」

「いや、わかったよ」

同じクラスの元チームメイトだった。役所で偶然朋之を見かけ、写真を撮ったのがきっかけだった。

彼は、朋之が「内定」していた大学に行きたかった。自分がスポーツ推薦してもらうために、あんなことをしたのだ。

SNSの書き込みのせいで、朋之は学校を休むはめになり、心療内科《しんりようないか》にも通った。住所を知られた家も引っ越さなければならなかった。しかも二度。一度引っ越ししたあとにもさらされてしまったので、祖父と母がようやく弁護士《べんごし》に相談した。身近な人間の中に犯人がいると見た弁護士が情報開示を求め、あっさりと正体がわかったのだ。

その時にはもう、朋之もその彼も高校を卒業していたが、どちらにしても彼は推薦を受けられなかった。理由はわからない。今、彼がどうしているのかも知らない。賠償《ばいしょう》金《きん》が両親から払われた、ということしか、朋之は把握していない。

チームメイトや同級生たちは、書き込みをしたのが彼であるとわかっていたのかもしれない――という疑問は消えない。薄々だとしても割り切れなくて、だから結局、高校時代の友人関係は全部断《た》ってしまった。腕も完全には治らず、野球の道もあきらめた。

たまに考えることがある。野球があまり上手でなければ、今も楽しくプレイできていたのだろうか。両親も離婚せず、家族四人で暮らしていたのだろうか。別の高校へ行っていたら、今もその頃の友だちと楽しい思い出を作れたのだろうか、と。そんな夢を見て目覚めることもある。

「そうなんだ……」

菜々花は神妙《しんみょう》な顔でつぶやいた。

「そいつは、『途中から「いいね」がつくのが楽しくなってきた』って言ってたらしい。どんどんそれっぽい嘘を捏造《ねつぞう》していったんだ。いかにもありそうなやつ。そりゃ〝友だち〟なんだから、信憑性《しんぴょうせい》あるよな」

この子がそんなことにハマらないように、と朋之は思っていた。もちろん、それがあてはまるかどうかわからないのだけれど。

「あのう……」

朔美が忍び足でやってきた。

「菜々花にお姉ちゃんから電話がかかってきて」

「今話してる途中なのに」

菜々花がふくれっ面《つら》になるが、話はほとんど終わっている。

「すみません、この子の姉なんですけど、どうしてもって言うもので」

「あ、どうぞどうぞ」

朋之の返事に不満そうな顔をしながら、菜々花は差し出された朔美のスマホを受け取る。

「もしもし」

しばらく黙って話を聞いていたが、

「お姉ちゃん、今どこにいるの？」

そうたずねたあと、顔色が変わった。

「なんで!?　いないはずでしょ!?」

悲鳴のような声をあげる。朋之は朔美と顔を見合わせる。

「ちょっと、お姉ちゃん!?」

菜々花は切れたらしいスマホを見つめ、しばらく呆然としていた。

「……どうしたの、菜々花?」

朔美の声かけに、はっとしたような顔になる。

「あたし、うちに帰る」

「え?」

「帰るの、うちに」

「どうして、そんな急に――」

菜々花は本館の方へ走り出した。

「ちょっと、待って! お願い、止めてください!」

朔美が言う。自分に言われたものと思った朋之は、本館の前あたりで菜々花に追いつき、少し躊躇《ちゆうちよ》したが、腕をつかむ。

「離して!」

「菜々花、なんで家に帰らないといけないの!?」

朔美も娘の腕をつかんで話をしようとするが、質問への答えはない。

「帰るの、すぐに！」

とくり返すばかり。

騒ぎを聞きつけて、シーナたちも表に出てくる。

「答えなさい、菜々花！　帰りたいなら帰るけど、理由は⁉」

「だって、お姉ちゃんが――！」

そこまで言って、菜々花は口を押さえた。

「お姉ちゃんがどうしたのよ⁉」

「だって……！」

泣きそうな顔になっている。何をそんなにあわてているのか。

「シーナさん、ぶたぶたさんは？」

このあわて方は普通ではない。こんな時はとにかくぶたぶただ。揉《も》め事を収めるのがほんとにうまい。だが、

「お客さんを迎えに行ってる」

こんな時にぶたぶたがいないとは。でも、場合によっては投げられたり蹴られたりす

るからなあ。菜々花は小柄《こがら》なので、朋之にとって押さえるのは苦ではないが、いつまでもこうしてはいられない。

「菜々花ちゃん、落ち着いて」

彼女は朋之をキッとにらみつけた。うわっ、すげえ迫力。眼力さらにつよっ。ていうか、ほんとに必死じゃん。腕を振り払おうと暴《あば》れ出した。いけない、今はまだ手加減できるけど、力ずくで押さえることになったら、彼女も怪我をしてしまうかも。

「お姉さんがなんなの?」

菜々花に質問をしてみる。

「お姉ちゃんが……家にいるから」

だから帰る? さっぱりわからない。

「帰る、帰るの! 離してよー!」

腕をむちゃくちゃに振り始めた。朔美が吹っ飛びそうになる。

「菜々花、菜々花、落ち着いて!」

他のお客さんも騒ぎを聞きつけて、集まってきた。どうしよう、どうしたらいい⁉

その時、プップッと軽くクラクションを鳴らしてワゴン車がこっちに向かってきた。

ぶたぶたが帰ってきた！

車は玄関前に停まると、ぶたぶたが降りるより先に、後部座席のドアが開き、若い女性が手を広げ、ポーズを決めて降りてきた。

「サプラーイズ！」

菜々花の動きが止まる。

「お姉ちゃん、家にいると思ったー？　ブッブー、実はここに来てましたー！　びっくりしたー？」

周りがしんと静まり返る。女性は、ニコニコしながらリアクションを待っていたが、しばらくして望んだような空気になっていないことを悟《さと》る。

「……あれ？　何？　どうしたの？」

そこでようやくぶたぶたもワゴン車から降りてきた。

「いったいどうしたの？」

朋之の方を見て言う。点目が驚いたのか、ちょっと大きくなっているようだった。気のせいだろうけど。

菜々花がへなへなと座り込んでしまう。

「よかった……よかったよ……」

そう言って、号泣《ごうきゅう》した。

面接室でぶたぶたが出してくれたお茶を飲み、ようやく落ち着いた菜々花が、すべてを打ち明けてくれた。

SNSにハマっていたのは、菜々花ではなく、彼女の友だちだった。

「誰？　知ってる子？」

疲れてぐったりしている朔美の代わりに姉の愛梨《あいり》がたずねる。彼女は母と妹がここに滞在している間、父親の単身赴任《たんしんふにん》先《さき》のマンションから県外の大学に通っているそうだ。

「高校に入ってから仲良くなった子で……ひなのちゃんって子」

「あー、なんか写真見せてもらったね。友だちになったんだ」

高校に入って初めてできた友だちだったという。スマホで写真を見る。大人びていて、今どきって感じの華やかな女の子だ。

「ひなのちゃんはかわいくておしゃれで、メイクやダンスや写真の加工がうまくて……人気者なの」

菜々花はふっと笑顔になった。うっとりしているようにも見える。ひなのという少女にあこがれているのだろうか。

「フォロワーも三万人を超えてて、すごいの」

朋之からすると多いのか少ないのかわからないが、

「へーっ。立派なインフルエンサーじゃない！」

と愛梨は言う。

「そうなんだけど……」

最近、フォロワーが減ったり、いいねが少なくなったりしていて、ひなのはそれを気にしていたという。かわいいファッションやスイーツやダンスの動画だけではインパクトがないので、もっと面白いものを投稿するようになっていった。

「どんなの？」

愛梨がさらにたずねると、

「整形《せいけい》メイクとか――」

「整形メイクって何？」

ぶたぶたがたずねる。特殊《とくしゅ》メイクみたいなやつ？

「すっぴんとメイク後の顔が違うやつ。詐欺《さぎ》メイクって言ったりもする」

だいたい合ってた。

「——それから大食いとかの動画だったり、面白い写真を友だちからもらって投稿したりとか」

「それってほんとにもらった写真？」

「……一度友だちのを無断で転載《てんさい》したってバレて、削除《さくじょ》してる。それ以来、全然知らない人のを使ってる」

「それ、普通にダメじゃん」

朋之は思わず言ってしまう。

「ダメなんだよね？　でもひなのちゃんは『大丈夫』って言うから……」

菜々花がしょぼんとして答える。

「けど、それでも再生回数やいいねが増えないから、ひなのちゃん、どんどん過激《かげき》っていうか、刺激的《しげきてき》になっていって……」

「刺激的って？」

菜々花は大人たち（もちろんぶたぶたも含め）を見回し、恥ずかしそうに言う。

「……む、胸の谷間《たにま》を、強調したりとか……」

「そっちか！　なんか人の悪口とか言うのかと思ったよー」

愛梨の言葉に、菜々花はまた朋之の方を申し訳なさそうに見る。そして、そのあとなぜか黙ってしまう。

「話しづらかったら、少し時間置いてもいいんだよ」

少し立ち直ってきた朔美が言う。しかし、菜々花は首を振った。

「ええと……ひなのちゃん、が――」

下を向いて唇を噛む。これから言うことが、友だちの悪口みたいに思っているのかもしれない。そうだよな。俺も、友だちだと思っていた人を疑ってしまう自分がいやだった。

「――あたしたちに『なんかバズるもの提供して〜』って言うようになったの」

「あたしたちって何人くらい？」

愛梨の質問に、

「四人」

と答える菜々花。仲良しグループ五人ということだろうが、取り巻きみたいに扱い始めたということか。

「だから、一生懸命面白そうな写真や動画撮ったり、ひなのちゃんが日に何度も更新《こうしん》するから、しょっちゅうチェックしていいねして……スマホ、手放せなくなったの。メッセもどんどん送ってくるし」

母親に怒られても、スマホが手放せなくなってしまったのだと言う。

「それをぶたぶたさんに相談したら、『うちにしばらくいたら』って言われたのよ」

朔美が言う。

「それだけですか？　普通、そんなことだけじゃデジタルデトックスまで行かないですよね？」

朋之が疑問を言うと、愛梨が困ったような顔になる。

「それは……なんだか変な予感がして」

「？　どういうことですか？」

「あたしの友だちにも、ネット依存《いぞん》気味の子がいたんだけど、そういうのと菜々花は違う気がしてね」

「どう違うんですか？」

「うーん……説明は難しい。とにかくいつもと様子が違う。お母さんはお母さんで、そんなふうに感じてたみたい。それと、誰かから影響されてるんじゃないかって。でも、菜々花はスマホを絶対に手放さないから、確かめようがなくてね」

「環境を変えるだけでも、少しの猶予《ゆうよ》になるってぶたぶたさんに言われて、あの『特別室』を借りたのよ」

朔美が言う。

「でも、最初すごくいやがったよね、来るの」

菜々花は気まずそうに押し黙っている。

「でも、あたしが『お父さんのマンションに行く』って言ったら、急に気が変わってさ」

菜々花たちの父親の赴任先は隣県で、愛梨の通っている大学からはどちらも距離としては変わらないのだそうだ。

「あたしはさー、うちに一人でもよかったんだけど、お母さんから行けって言われて」

「だって愛梨は何もできないじゃない。一人で置いといたら家がめちゃくちゃになるから、お父さんとこに行けって言ったんだよ」

小野沢家で家事ができない（やらない？）のは愛梨だけだそうだ。

「あたしがうちに帰るの、そんなにいやだったの？」

愛梨の質問に菜々花は首を横に振る。

「違う。いやだったんじゃない」

「じゃあ、何？」

「危ないって思ってたから」

菜々花が、ずっと握りしめていたスマホの画面を見せる。メッセージアプリの会話だ。

もうこうなったらさ、誰かに裸《はだか》になってもらおうかなあ。

お人形さんのようなかわいい顔のアイコンから、そんな言葉が発せられていた。

自分のがいやなら、きょうだいとかのでもいいよ。

「盗撮《とうさつ》しろって⁉」

「姉や妹がいる子はあたしともう一人の子だけだから、その二人に向けて言ってるんだけど……」

グループトークで独り言みたいに言って、忖度《そんたく》するように仕向けているのか。なんかそういうヤクザ映画見たことあるぞ。

自分のじゃないなら、いいじゃん。大丈夫、バレないよ。内輪でしか見ないから。

朋之の場合もそのはずだった。最初は限られた範囲《はんい》で言っていたことだったのに、いつの間にか漏れて、自分のところに回ってきたのだ。

一度ネットに出たものをすべて消すのは難しい。デジタルタトゥーとも言われ、場合によっては一生つきまとわれる。

誰でもいいから、ちょっとさあ、そういう画像送ってくれないかなあ。

そんなような要求が、昼夜を問わず来ていた。返信が遅いと「ひどーい」などとやんわり否定される。既読《きどく》スルーすれば、泣き顔の画像などを送ってくる。

「この子、ほんとに友だち？」

愛梨の質問に、

「ひなのちゃんは、みんなのあこがれなの……。ひなのちゃんと友だちになれたら、なんだかみんなに『うらやましい』とか『すごい』とか言われて……うれしかった。それに、ひなのちゃんの友だちやめたら、あたし学校に友だちいなくなっちゃう……」

その気持ちはわかる。子供だから、自分の世界の一部が欠けただけで、すべてなくなってしまうように感じるのだ。

「ここに来て、全然スマホが鳴らなくなって、ちょっとホッとした。夜もよく眠れなかったから……。けど、ちょっと電波が入った時、ものすごい量の通知が来て、怖くなったの。だから、電話で話をしようと思って。電波届かないところにいるってメッセ送っても、ひなのちゃん、信じてくれないけど、黒電話——家電《いえでん》からなら、こっちの話、信じてくれるかなと思ったの。でも、うまく使えなくて……」

「知らない番号には出ないいんじゃない？」

ぶたぶたが鼻をぷにぷに押しながら言う。

「そうかな……」

菜々花はしょんぼりするが、普通に出ることもあり得る、と朋之は思う。そういう子は、自分にマズいことは起こらないと思っているから。

「でね、すごくたくさんある通知を読んでるうちに、こんなの見つけて」

あ、それからさあ、生《なま》配信みたいなのもしたいんだよね。

菜々花んちって、お父さん単身赴任だから、お母さんがいない時にでも使えない？

配信は、菜々花の顔は出さないから。言ったとおりのことしてくれればいいよ。一人がいやなら、お姉さんと二人でもいいよ！

こりゃまたずいぶんと図々《ずうずう》しいし胡散臭《うさんくさ》い。断られるとは考えていない感じ。

当然、菜々花の返事はない。それに対して、ひなのはだんだんイライラしてくる。

なんで返事しないの？　さっき家に行ったら、誰もいなかったみたいだけど。学校にも出てこないし。

いつ帰ってくるの？　連絡くらいくれてもいいと思うんだけど。

罰《ばつ》として、帰ったらすぐ生配信だからね。菜々花がいなくても、入れてもらうから。

あ、お姉さんに代わりにやってもらおうかなあ。


「ひなのちゃん、お姉ちゃんのことかわいいかわいいって言ってて……」

「えー、そうかな？」

愛梨はでへでへ言っているが、そんな奴にほめられてうれしいか？

「それで愛梨ちゃんが家に帰ってるって聞いて、不安になったんだね」

ぶたぶたが言う。

「押しかけてきて、何するかわかんないから……。でも、ここには書いてないけど、どういう生配信にするかって前にひなのちゃんが言ってたことあるの」

「どんなの～？」

愛梨はまだでへでへしてたが、

「ちょっとこう……服を脱いでもらうっていうか……」

それを聞いたらスンとなった。

「そういう画像ほしいって言ってたみたいだけど、送ったりしてないよね？」

朔美の声はかなり心配そうだ。

「あたしは送ってないし、他の子も多分……DMだとわかんないけど」

ダイレクトにひなのへ送った子はいたのだろうか。

「菜々花、その子と友だちづきあいはやめなさい」

朔美が言うのも無理はない。

「菜々花が言いづらいのなら、お母さんが言ってあげる」

菜々花はしばらく無言だったが、そのうち泣き出した。

「ひなのちゃんと友だちになってすごくうれしかったのに……芸能人みたいにきれいでかわいくて、インフルエンサーだし……ひなのちゃんみたいになりたいって思ってるから……」

「けどその子、菜々花ちゃんのこと友だちって思ってないでしょ？」

余計なことと思いつつ、朋之は口を挟んでしまった。

菜々花は黙ってうつむく。

「そんなの、わかんない……」

「いやー、あたしもそう思うなー」

愛梨も同意する。というか、菜々花以外はみんなそう思っているだろう。

「菜々花には悪いんだけどさ」

菜々花の首がますます下へと曲がっていく。

「あ、じゃあぶたぶたさんを撮ってたのって、そのひなのって子に送るためだったの？」

朋之の問いに、菜々花は小さくうなずく。

「どうして送ろうと思ったの？」

ぶたぶたの質問は意外だった。ここまで話して送る理由なんて、自明《じめい》の理《り》だろう。本人（人じゃないけど）の自覚がないということだろうか。

「だって……すごく驚いたし、世界で一番面白いって思ったから」

「菜々花ちゃんはここに来て初めて僕に会ったんだよね」

「うん……」

「愛梨ちゃんとは小さい頃、まだ以前の仕事してた時に、お母さんと一緒に会ったことがあったけど」

「ええー、さっきはじめましてだと思ったよー、めっちゃびっくりした！　すっかり忘れてたよ！」

ぶたぶたを忘れるって、かえってすごくないか……。

愛梨の衝撃的《しょうげきてき》な言葉にも微動《びどう》だにせず、ぶたぶたは話を菜々花に戻す。

「菜々花ちゃんは、僕の画像や動画とかをひなのちゃんに送れば、彼女が喜ぶと思った？」

鼻をぷにぷにしながら、そう言う。

「思ったから、撮ったの、無断で……ごめんなさい」

「いいよ」

ぶたぶたの言葉に、うつむいていた菜々花が顔を上げる。

「送ってもいいよ、僕の画像。ああ、動画の方がいいかな。あ、スマホ貸して」

ぶたぶたは菜々花のスマホを受け取ると、写真フォルダから自分の動画を探し出した。

彼自身が選んだのは、旅館の廊下で座布団を頭に重ねて歩いているシーンだった。外が暗いから、風呂で来た時などに撮ったのだろうか。途中でコケて、座布団が廊下に散らばる。それを集めて去っていくまでの動画だ。一分もない。

「これ撮ってた時、気づいてたよ」

「えっ!?」

「隠し撮りには慣れてるからね。でもコケたのはわざとじゃないよ」

なんだか言い訳みたいでかわいい。

「はい、どうぞ送って」

菜々花は躊躇しているようだった。今までだってそうなのだから、本人から「いい」と言われても「はい、そうですか」とはならないか。

菜々花はメッセージを打ったが、ふと手が止まる。

「なんでためらってるの？」

愛梨の無邪気な疑問を受け、菜々花は震える指で送信ボタンをタップする。

「返事すぐ来るかな？」

「ひなのちゃん、返信も早いから――」

と言ってる間に通知が来た。一分ちょっと。早い、早すぎる。何してんの、今学校じゃないの!?

菜々花がスマホの画面をこっちに向けた。そこにはひとこと、何これ？

と書いてある。それだけだ。

しばらくして、また通知が鳴る。

ただのぬいぐるみの動画送ってきて、どういうつもり？ こんなの誰でも撮れるでしょ。もういいわ。

菜々花は何やら必死でメッセージを打って送信したようだが、

「え……？」

「どうしたの？」

朔美がスマホをのぞき込む。

「ひなのちゃんに……ブロックされた」

菜々花の顔色は蒼白《そうはく》だった。相当ショックだったのだろう。

「ね、そういうことだよね」

ぶたぶたが、スマホを握りしめて白くなっている菜々花の手をぽんぽんと叩く。

「菜々花ちゃんが見ているものは、ひなのちゃんに見えてないんだよ」

菜々花の手からふっと力が抜け、スマホの画面が見えた。


このぬいぐるみ、本当にすごいの。とっても珍しいし面白いし、とにかくかわいいから見て!


菜々花はそんなメッセージを添えて、ぶたぶたの動画を送っていた。

「こういう返事が来るってわかってた」

ぐすぐす泣きながら、菜々花は言う。

「あたしがすごいとか面白いと思うものを、ひなのちゃんはいつも否定したの。『違う』とか『わかってない』とか。だから……ひなのちゃんとはもう、つきあわない。先にブロックされちゃったけど」

少しくやしそうな顔だった。それを見て朋之は、ちょっと安心する。彼女が立ち止まったことに対して。

「あたしのこと、バカにしてたってわかってた」

朋之は思い出す。自分は知らなかったけれど、同級生たちやチームメイトたちはみんな、朋之のことを「野球バカ」と言っていた。母親と祖父からの溺愛《できあい》ぶりもなぜか知られていて、離婚の原因も朋之のせいだと噂《うわさ》されていた。

確かにそうなのかもしれない。周りのことなんか何も気にしていなかった。「野球のことだけ考えていればいい」と言われてそのとおりにしていた。自分はとても幼かったのだ。父のことも姉のことも、友人のことも知ろうとしなかった。部活の雰囲気にも気づいていなかった。

誹謗中傷は、それをした元友人が悪い。それはわかっている。自分を責める必要はない、とぶたぶたにも言われた。だから考えないようにしているが、たまにふっと浮かび上がってくる。もう少し周りが見えていたら——菜々花のように、と。

「お母さん、ごめんなさい……。明日から学校、行くから……」

「もう少しいてもいいんだよ。ぶたぶたさんとお話しすれば？」

「ううん……スクールカウンセラーに話す……」

「そうだね、それがいいと思うよ」

「ぶたぶたさんも、ごめんなさい……」

「いいんだよ。こちらこそ、つらいのに話してくれてありがとう」

ぶたぶたがにっこり笑う。つられて菜々花も、そして朋之も笑顔になった。


「ひなのちゃんと顔合わせるの、怖いな」

そう言いながら菜々花と朔美は家に帰っていった。

愛梨はまだいる。特別室ではなく、本館に。毎日温泉に入って、ビールを飲んでいる。

「帰らなくていいんすか？」

とたずねると、

「まあ、来週くらいには菜々花も落ち着くだろうから、そしたら帰ろうかな」

なんだか自分の姉に似ている。あっけらかんとしてマイペース。ビールが大好きなところも。

「菜々花、学校に行き始めたって」

毎日連絡し合っているので、ぶたぶたと朋之にも教えてくれる。が、

「ひなのちゃんとその取り巻き、なんか学校に来てないらしいよ。拍子抜けだよね～」

何を期待していたのか、という物言いをする。

ところがそれから数日後、ドタドタと愛梨が準備中の食堂に駆け込んできた。

「ちょっと、これ見て！」

スマホの画面を差し出す。朔美のメッセージだった。


ひなのちゃんは転校するかもしれません。


「ええっ、どうして!?」

ぶたぶたもびっくりした顔をしている。


ひなのちゃんの親御《おやご》さんが、菜々花にも関係していることだから、と話してくれました（いろいろお世話になったから、ぶたぶたさんにもこのメッセージを見せてあげて）。

菜々花が前に「妹さんがいる友だち」という話をしていたけど、その子の家にひなのちゃんとお友だち二人が押しかけて、生配信していたところをその家のご両親に見つかったそうなのです。ご両親はその晩、泊まりの予定だったのですが、そちらの天気が次の日大雨だったので、無理をして帰ってきたそうなんです。

幸《さいわ》い配信は始まったばかりで、顔も映ってなかったそうなんですが、妹さんがとても怖がってしまって、一晩入院してしまったりして……ひなのちゃんたちが二人にいろいろ指図《さしず》していたのもご両親は聞いていたので、そのままひなのちゃんたちの親御さんも呼んだようなのです。それが、家に帰る前の日だったんだって。

ひなのちゃんのお父さんは警察官《けいさつかん》でした。中学まではとても厳しくしていたそうなのです。高校でスマホを初めて持たせたんだけど、こんなことをしているなんて思ってもみなかったと。ひなのちゃん、家に帰る前、駅のトイレでメイクを全部落としてから帰ってたらしい……。帰りが遅いのは、部活をがんばってるって言ってたって。

「スマホのデータは全部消させました」

と言ってたけど……。

本当に転校するかはわかりませんが、今のところひなのちゃんは学校に来ていません。他の子たちも。被害者《ひがいしや》の女の子は来てるそうです。その子と菜々花は前よりも仲良くなったらしいです。

「うーん、菜々花ちゃんがここに来たのは正しかったということか」

朋之はつぶやく。

「そうかもね」

ぶたぶたは目間にシワを寄せている。

「これならまだ、引き返せますよ」

ひなのも。友だちを傷つけたことには変わりないけれど。

「そうだねえ。そうなってくれるといいけど」

「あっ、また来た」

愛梨がメッセージを読んで、なぜか「ええーっ!?」と大声をあげた。

「こんなこと言ってるよ」

ひなのちゃんとお父さんに、ひなのちゃんのデジタルデトックスをすすめておきました。

「え、ここを、ってこと……？」

ぶたぶたの点目が明らかに大きくなる。

「いやいや、すすめただけで、来るとは限らないから」

愛梨が言い訳のように言う。

「うーん、まあ来てもらっても別にいいけどね」

「あのキラキラ女子が、『特別室』に？」

果たして彼女は耐えられるだろうか。いや、来るとは限らない。でもどうせなら――ここに来て、菜々花みたいに、そして朋之みたいに驚いてほしい。

スマホは彼女の世界を恐ろしく広げたのだろうが、それだけじゃない、どこにだって同じくらい新しい世界があるって、知ってほしいのだ。

密かな告白

曽我琴代《そがことよ》は、ある温泉旅館へと車を走らせていた。

山の奥深くにあるその温泉は、湯治場として地元の人に愛されてきた。宿泊料金はとても安い。基本が自炊だからだ。素泊まりの料金ということになるが、琴代は朝食分だけ余計に払って、あとは自炊にしている。前日に言っておけば、夕食も用意してもらえるし、昼は普通の食堂として営業しているから、食べたい時に利用できる。

でも琴代は、一人静かに食べるのが好きだ。車があれば、近隣の町へ行って、そこのカフェなどでランチを取ることもできる。大きなショッピングモールに足をのばせば、話題のスイーツなども手に入る。

宿には地域の新鮮な野菜中心の販売スペースもあるので、食事の材料には困らない。好きなものを買い、宿泊客用の炊事場で料理をする。好きなお酒、好きな本、好きな映画などとともに夕食をいただく。

気ままに一日を過ごし、だいたい一週間ほど過ごして、家に戻る。現在は一人暮らしだ。

仕事は、結婚前から勤めていた会社を五年前に定年退職《ていねんたいしょく》した。子供が小さい頃から、育児休暇《いくじきゅうか》や時短勤務《じたんきんむ》を利用してずっと働いてきた。今もパートに出ているが、割と時間に融通が利く。一人暮らしだから今はこれでなんとかなっているし、身体はまだ健康だ。

車が運転できなくなったら、この温泉にも来られなくなる、と考えたこともあったが、ここなら駅まで車で迎えに来てくれる。宿の主人の山崎ぶたぶたが。

奇妙な名前の主人と初めて会ったのは、いつだったかな、と運転しながら琴代は思い出していた。確か五年前。彼がこの宿を再開した時から。

1

母が亡くなって半年ほどたった五月の半ば、退職して時間のできた琴代は、実家で母の遺品《いひん》を整理していた。古いアドレス帳に記された旅館の電話番号を見つけて、ふと「あの温泉へ行こう」と思い立ったのだ。

十年前、母と二人で行った里沼温泉は、昔ながらの湯治場だった。大病《たいびょう》をした母の療養のために訪《おとず》れたのだが、夫婦で営《いとな》む宿は温かく、母も琴代もすっかり気に入ってしまった。素朴な料理は滋味《じみ》にあふれ、食が細くなっていた母もよく食べてくれた。部屋や温泉も清潔《せいけつ》で、夫婦ともに人柄が素晴らしかった。

だが、残念なことに継ぐ人がいないと言う。

「どちらかに何かがあったら、ここは終わりですね」

手伝いを雇っていても、高齢者にはきつい仕事なのだろう。琴代は何も言えなかったが、そんな寂しいことを言う主人の顔は、ひどく穏やかだった。

ここですることと言えば、温泉に入って散歩して、母に本を読んであげたり、昼寝をしたり——。のんびりゆっくりとした時間を十日ほど過ごし、家に戻ると、母はくり返し、

「もう一度行きたい」

と言った。だが、母が一人で行くのは無理だ。琴代の長期休暇はしばらくないし、十日家を空けたら、そのあとの片づけにうんざりしてしまった。夫も子供たちも最低限のこと、しかも自分のことしかしない。一人暮らしならばそれでもいいけど……。

兄と弟がいるが、二人とも忙しい。何より、母が息子たちに面倒を見られるより、娘の琴代に頼りたがる。

「娘がいてよかったわー」

というのが母の口癖《くちぐせ》だ。

その気持ちはわからないでもないが、琴代なら息子も娘も、両方とも避けたい、と思う。子供たちの面倒見がどうこうではなく、誰にも頼りたくないのだ。できれば、だけれど。

そんなふうに考えてしまうくせに、いざとなったら頼らざるを得ないんだろうな――そんなことを想像してため息をついた時、元気なうちにあの温泉へ行きたい、と思ったのだ。

あそこではため息なんて全然つかなかった。深呼吸ばかりしていた。空気がきれいで。

行ってみたいな、一人で。

一人旅なんてしたことがなかった。いわゆる「お一人様」みたいなことは何も。そういうことができる人に対して、うらやましいような、恥ずかしいような……複雑な気持ちを抱いていた。

琴代はアドレス帳に目を落とし、目の前の携帯電話を手に取る。これでつながらなかったらあきらめよう。そう思って、番号を押す。

すると、三回呼び出し音が鳴ったあとに、

「はい、里沼温泉です」

と返事があった。

たった十年前の電話番号なので、もちろん誰か出る可能性はあったわけだけれど、琴代はとても驚いてしまった。もう通じないのではないか、と思い込んでいたのだ。あのご夫婦はかなりの高齢だったから。

「あ、あの、宿泊の予約をさせていただきたいのですが……」

思ったよりもすんなり言葉が出てきた。

「申し訳ありません、現在はご紹介の方のみになっているんです」

そう言われて、琴代は思いがけなくショックを受けてしまう。昔は、そういうんじゃなかったはず。湯治場というのが本来どういうものかはよく知らないけれど、母が雑誌だか何かの記事で見かけて、電話をかけ予約したと記憶しているのだが……。

「い、以前、宿泊した時もそういうシステムだったんでしょうか？」

「あ、以前ご利用されたことがおありですか？　では、お名前をお願いいたします」

「曽我です。曽我琴代と申します」

「少々お待ちください」

しばらく保留音が流れて、再びつながると、

「はい、曽我琴代さまですね。確認できました。ご連絡ありがとうございます。ただ――」

と続いて身構えるが、

「実は、以前とは経営者が代わっておりまして」

え？　以前の経営者の名は、確か……。

「……南さん、どうされたんですか？」

「ご夫婦ともにご高齢なので、引退されました」

あ、亡くなったとかではないのね。琴代はほっとする。

「わたし、山崎というんですが、現在はわたしが運営しております」

「山崎さんですね」

落ち着いていて優しそうな中年男性の声だ。南さん同様、感じがよさそう。以前泊ま

った時にこんな声の人はいたかしら……？

「以前ご利用になったお客さまにも満足していただけるようになっているはずですので、ぜひいらしてください」

「わかりました」

琴代はほっとする。

「では、来週の――」

すんなりと予定が出てくる。来週、夫が遠方の親戚の結婚式のために前乗りする日がある。子供たちはもう家を出ているし、一人の夜、何をしようかと思っていたのだ。

予約を取ったあと、夫に言う。

「温泉にでも行ってこようかと思って」

一人旅をする、とまでは言えなかった。たった一泊だ。

「いいんじゃない？」

夫はそう言っただけだった。

「ふさぎ込んでるし、気分転換にいいと思うよ」

ふさぎ込んでる、か……。母が亡くなって半年たっているが、今の自分がどんな状態なのか、正直わからないのだ。父は子供の頃に亡くなっている。その時も、自分がどんなふうだったのか、まったく憶えていない。

そんな自分を見つめ直すためにも、小さな一人旅はいいかもしれない。琴代は簡単な荷作りをして、自分の車で出発した。そういえば、最近は買い物くらいでしか乗っていない。子供が学校へ通っている時は習い事などの送り迎えをしたり、保護者関係の集まりなどに使っていたが、慣れない道を運転するのは久しぶりだ。

しかし、山の中の温泉に向かうにしては、比較的《ひかくてき》運転しやすい道だった。田舎《いなか》はもっと荒れた道もある。カーナビは途中で止まったが、一本道なので迷うこともなかった。緑が次第に深くなっていく頃で、天気もよく、とても楽しく運転できて、それがちょっとうれしかった。

駐車場に車を停め、木造りの風情あふれる旅館の正面玄関の前に立つ。いい天気で家の近辺は暑いくらいだったが、ここは山の中なので涼しい。夜は冷えるかもしれない。

看板は変わっていないように見えた。古い一枚板に無造作《むぞうさ》に書かれたもの。以前のオーナー南さんのお父さんが書いたものだと聞いた憶えがある。

「こんにちはー」

誰もいない玄関で、声をかける。

向かって左側にフロントというか、受付がある。正面にはガラス窓。中庭が見えるようになっていて、窓際には座り心地のよさそうなソファーや椅子なども置かれ、一応ロビーらしきところは変わっていないようだが、前よりも明るく感じる。見上げると、採《さい》光《こう》用の天窓があった。三和土《たたき》からのスロープも作ってあり、細かいところが変わっている。床も温かくて滑りにくそうなクッションフロアだ。以前の渋い木の床もすてきだったが。

「はーい」

奥の方から返事が聞こえた。

昔もあまり人手《ひとで》はなかったように思う。ご夫婦の負担はかなりのものと傍《はた》から見てもわかったくらいだ。だから、琴代はそのままじっと待っていた。他に変わったところはあるかしら――とキョロキョロしていると、

「いらっしゃいませ」

と突然声をかけられる。

あれ、全然足音が聞こえなかったけれど……フロアが変わったせいだろうか。スリッ

パを履いていれば、多少なりとも音はすると思うのだが。

声のしたソファーの方に向き直る。しかし、誰もいなかった。

「あら?」

そこには小さなぬいぐるみが置いてあった。桜色の身体はバレーボールくらいの大きさで、大きな耳と突き出た鼻のぶたのぬいぐるみ。右耳は後ろにそっくり返っていて、黒ビーズの点目がついている。

え、さっきこれ、あった? 憶えていないのだが。

「こちらです」

はっきりとした男性の声がする。琴代はもう一度フロントをのぞいたりしたが、やはり誰もいない。

「ご予約の曽我さんでしょうか?」

「は、はい」

反射的に返事をしてしまう。誰に向かって?

「曽我琴代さん、お一人ですね?」

「そ——」

「そうです」と言いそうになったが、言葉を飲み込む。相変わらず目の前にはぬいぐるみしかいない。すると、そのぬいぐるみが、すすすっと床を滑ってきた！

思わず後ずさる。いったい何⁉

「あ、すみません、驚かせてしまいまして」

そんな声がして、ぬいぐるみが止まる。

「わたくし、山崎ぶたぶたと申します。この里沼温泉の主人です」

ぬいぐるみ、よく見ると声とともに鼻がもくもく動いていた。動いているってどういうこと？　頭がついていかない。

「ええ……？　主人ということは……」

ここを経営してるの？　ぬいぐるみが？

そこで気がついた。今聞いている声が、予約の電話の時に聞いたものと似ているということに。いや、まさか、そんな。ぬいぐるみが電話なんて……。

琴代は、さらにあたりをキョロキョロ見渡すが、人の気配はない。

「まあ、なんでも屋みたいなものなので、なんでもご相談ください」

望んだのとは違う答えが返ってきた。

「部屋のキーをお渡ししますね」

そういえば、QRコードみたいなものをメールで送ってもらったのだった。最近の宿泊施設はだいたいそれを読み込んだら受付終了みたいなことをテレビで見た気もするが、まさかここも？　昔はもちろん、宿帳《やどちょう》に名前を書いて、というやり方だったが。

「そちらの受付で」

声に合わせてぬいぐるみの腕が上がった。手（？）の先には濃いピンク色の布が張ってあって、ひづめのようだった。

ふらふらと移動すると、ぬいぐるみはいつ先回りしたのか、ぴょこんと窓口から顔を出した。何やらドライヤーみたいなものを持っている。

「QRコード、読ませていただきますね」

コードを⁉　ぬいぐるみが⁉　どうやって⁉

「すみません、スマホお願いします」

言われるまま差し出すと、手に持っているドライヤーみたいなのが「ピッ」と音を出す。バレーボール大のぬいぐるみが持つとドライヤーみたいだが、ただの読み取り機だった。

「はい。受付終了です」

「あの、部屋のキーは……」

「あっ、スマホで解錠できますんで。もしスマホをなくしたりしたら、言ってください」

……普通にホテルみたいだった。

なんだかぬいぐるみが最先端の受付ロボみたいに思えてきた。まるで人と会わないためのシステムの一部のよう。人間とはまったく違う印象。建物は古いけれど、そういうコンセプトの宿泊施設みたいな気分になってくる。

これはこれでありなのかな、と思えてくるのだが、果たしてそれは正しいのだろうか。

「お荷物はそちらだけですか？」

琴代が持っている大きめなトートバッグに点目を向けて、ぬいぐるみが言う。

「これだけです」

一泊なので、荷物はとても少ない。何かあれば、車に積んである非常持出袋もあるし。

「すみません、ここは人手があまりないし、基本お客さまにおまかせしているんです。お部屋にはご案内しますけど、あとはご自由にお過ごしください。お風呂は朝七時から夜十時まで入れます」

そういうのはあまり変わっていないような。

「どうぞ」

ぬいぐるみについていくと、滑り止めががっちりついた階段を短い足で難《なん》なく、そして音もなく上がっていく。しかし、琴代が上がると軋《きし》んだ。この感じには、憶えがある。建て直しではなく、リフォームなんだな。ガラス窓もすべてサッシに変わっていて、多分その方が暑さ寒さにはいいのだろうが、こういう軋みになつかしさを感じた。

二階に上がると、左側には明るく広い廊下に沿って部屋が並んでおり、右側には炊事場があった。

ちょっとのぞかせてもらう。昔は何十年も使い込んだレトロな炊事場だったが、コンロやシンクは新調《しんちょう》され、電子レンジやオーブンなども置かれている今風のキッチンになっていた。でも壁や床には、昔のシンクなどに使われていた古いタイルが残されていて、なんだかかわいらしい。

「お部屋はこちらです」

一番奥に案内される。昔と同じ引き戸だが、鍵は当然新しくなっているし、段差もなくなっていた。

部屋には広めのベッドと収納、小さな冷蔵庫、奥の窓際には畳が敷かれ、旅館らしい座卓と座布団が置かれていた。畳はまだ新しい。改装した時に替えたのだろうか。

窓からの眺めは昔と同じで最高だった。緑の洪水《こうずい》。さわやかな風も入ってくる。鳥の声、遠くの山々……ああ、なんて落ち着く……。

「お夕飯についてですけれど——」

ぼんやりと振り向いたらぬいぐるみがいて、一瞬自分の居場所がどこなのかわからなくなった。

「は、はい……」

座布団にぺたんと座って、ぬいぐるみと目線を合わせる。

「お夕飯は、こちらでご用意ということでよろしいですね？」

一泊なので、そう申し込んでおいた。昔は自炊と宿の食事半々くらいだった。自炊の時は鍋が一番楽だったので、そればっかり食べていたな。冬だったし。

「それで……お願いします」

「今夜のメインメニューは、ボタン肉の味噌焼きです」

「ボタンということは――イノシシ、ですか？」

そう言ってから、一瞬頭に豚の顔が浮かんだが、あわてて打ち消す。

「そうです。たまにジビエをお出しする時もあるんです。料理自体はまあ田舎の家庭料理ですけど。ジビエが苦手な方用に豚肉や鶏肉もありますし、他アレルギーなど食べられないものにも対応しますので」

昔もそんな感じだった。母はジビエが苦手だったので、食材を変えてもらっていたが、琴代はおいしくいただいた記憶がある。好き嫌いもアレルギーも特にないので、

「それでけっこうです。お願いします」

「夕食のご用意は六時から八時までです。下の食堂にいらしてくださいね。玄関上がって右に行ったところにあります」

そう言って一礼をし、ぬいぐるみは部屋を出ていった。

なんだかどっと疲れた。整理するほどの荷物もないので、琴代は窓際に大の字で寝転ぶ。充分な広さだ。畳のいい香りがする。

「あー……なんか気持ちいい」

風が自分の上を通り過ぎていくのがわかる。いつまでもこうして寝ていたい……。

その日は夕方までそうやって眠ってしまっていた。

目を覚ました時、外は暗くなりかけていた。一瞬どこにいるのかわからない。窓からの風がだいぶ涼しくなっている。

琴代は窓を閉めて、時計を見る。もう夕食が始まっている時間だ。自分で支度しなくていいって最高。

階段を降りたとたん、いい香りが漂ってきた。とても香ばしい。味噌だよね、これは。

食堂へ入ると、大学生くらいのガタイのいい男性が元気よく給仕していた。夕食は宿泊客だけと聞いていたが、老若男女《ろうにゃくなんにょ》いるようだった。席は半分くらい埋まっている。

簡素なテーブルとパイプ椅子を並べた小さな食堂は、学校の会議室みたいだった。

あのぬいぐるみの姿は見えない。もしかして、昼寝の間に見た夢なのかも──。

しかし、背後から聞き憶えのある声がした。

「あ、曽我さん、お好きな席にどうぞー」

振り向くと、トレイを持ったぬいぐるみがいた。

「あ、はい……」

夢ではなかった。

「関根くん、こちら今日いらした曽我さん」

「はい、よろしくお願いします、いらっしゃいませ」

どう見ても関根くんは忙しい。手にはお皿がいっぱいで、お客さんからも呼ばれている。

「よ、よろしくお願いします」

琴代がそう答えると、関根くんはペコリと頭を下げて、呼ばれた方へ行ってしまった。

「じゃあ、お夕飯ご用意しますね」

「はい」

ぬいぐるみも奥へと……走っているのだろうか。手足を思い切り動かしながら、向かっていった。

待っている間、しっぽが結んであるのに気がつく。

お客さんを観察する。みんな同じメニューだが、ビールを飲んでいる人も。

少しいただこうかしら。今夜くらい、いいよね。

「あのう」

関根くんを呼ぶ。

「はい、なんでしょう？」

「ビールいただけますか？」

「はい、中瓶二本までですけど」

そんなには飲めない。

「一本、お願いします」

「はい、わかりました」

関根くんが厨房に入ってまもなく、今度はトレイを持って現れた。ジュウジュウと熱い鉄板の音が聞こえる。関根くんの顔が煙で見えない。

「おまたせしましたー」

目の前にトレイが置かれる。鉄板の上にはぶ厚いボタン肉がステーキのように置かれていた。味噌が焦《こ》げるいい香り！

ステーキ皿の周りにはごはんと味噌汁と小鉢が三つ。きゅうりの梅《うめ》あえとちくわと大根の煮物、それにスライストマト。いびつな形で小ぶりだが、丸々一個分ある。そして冷え冷えのビールも！

けっこうなボリュームだ。食べ切れるだろうか。

でも、一人で外食なんていつ以来だろう。台所で一人で済ませる、というのは何度もあるけれど。冷蔵庫の残り物を片づけなくちゃ、みたいな気持ちもあるし、ついつい「もったいない」なんて思ってしまったり。

今夜はそんなこと忘れよう。カトラリー入れから箸《はし》とナイフを取り、さっそくジュウジュウいう肉にナイフを入れる。あ、思ったよりも柔らかい。豚肉でももっと硬い時があるのに。

熱そう。ふーふーして口に入れる。脂《あぶら》っこいかも、と思ったがそんなことはなかった。肉と味噌の甘みと香りが溶け合う。一瞬ガツンとした塩気も感じるが、それも口の中に溶けていく。あー、これはごはんにもビールにも合うやつ！

肉は噛みごたえあるが、やっぱり硬くない。豚肉の脂身は少し苦手なのだが、これはおいしい。そんなふうに思ったのは初めてかもしれない。肉とは違う味がする。味噌がよく染みているのだ。

ビールに口をつけると、するすると喉を落ちていく。あっという間に一杯飲み干してしまった。

「おいしい……」

ビールもおいしいが、ボタン肉もおいしい。小鉢のきゅうりの梅あえも、肉のあとに食べると口の中がさっぱりする。ちくわと大根の煮物はごはんのおかずにぴったりだ。

赤くて小ぶりなトマトはとても新鮮で瑞々《みずみず》しい。スーパーで買う高級フルーツトマト並みに甘くて、まるでデザートのようだった。塩をちょっと振ると甘みと酸味が増す。

ビールを飲み終わったので、あとはゆっくりごはんを食べた。お米もおいしい。多いかと思っていたのが嘘のようにお腹に収まる。

ああ、おいしかった。空っぽの皿を前に、ホッとため息をつく。

「食後のお茶はいかがですか？」

はっと下を見ると、ぶたぶたが立っていた。

「緑茶、紅茶、コーヒー、カフェイン抜きのハーブティーもあります」

「じゃあ、温かいハーブティーをください」

「はい、お待ちください」

しばらくして彼がガラスの急須《きゅうす》を運んできた。生のハーブティーだ。すごい。高級フレンチみたい。……よく知らないけど。

「カモミールとレモングラスです。お好きなタイミングでどうぞ」

急須からティーカップに淡い琥珀《こはく》色のお茶を注ぐ。レモンに似た香りとカモミールの優しい香り。生のハーブなんてぜいたくだ。いつも飲んでいるティーバッグとは全然違う。

余韻《よいん》に浸《ひた》っていると、

「いかがでしたか？」

まるでシェフの挨拶のようにぬいぐるみがやってきて、つい笑ってしまった。ぬいぐるみがごはん作れるわけがないのに。

「おいしかったです。お肉、とても柔らかいですね」

「どうしても硬くなりやすいんで、南さんに秘伝の味噌ダレを教えてもらいました。独《ど》特《く》の臭みも気にならなくなります」

なるほど！　南さん直伝《じきでん》なのか。

「このトマト、とてもおいしいですね」

「あ、これは農家さんに形の悪いものを分けてもらったんです。ここの名産にしたいって栽培《さいばい》しているすごくいいトマトなんですよ。明日、また届けてもらって、ここで売りますから、よかったらおみやげにどうぞ」

なんだか商売上手だ。そんなこと言われたら買ってしまいたくなるじゃないか。

夕食後、部屋で少し休んでから、温泉に入った。遅い時間にもかかわらず、けっこう人がいる。皆ゆったりまったり過ごしていた。琴代も含めて、眠そうな人もいる。

部屋に帰ると、ベッドに倒れ込み、夢も見ずに眠った。久しぶりに充実した睡眠だった。

朝は裏山へ散歩に出る。昔も母と歩いたことを思い出す。もっと歩きづらかったはずだが、かなり整備されていた。それでも砂利道だから、歩きやすい靴でないと大変だ。

琴代は少しの記憶を頼りにどんどん登っていく。一人になりたかった。誰も来ないところへ行きたい。だから一人でここまで来たのだ。

しかし息が上がり、一歩も歩けなくなってしまう。そのまま道端の岩の上に座り込む。

木々の間から、朝日を浴びた。

あたりは静かで、自分しかいないみたいだった。

一人になりたい。一人なら。一人しかいないのなら。あたしだって、もしかして――。

「おはようございます」

いきなり声をかけられた。

振り向くと、あのぬいぐるみが立っていた。ドラッグストアにあるような小さなプラスチックのカゴをぶら下げて。彼（？）が持っていると、普通の買い物カゴみたい。

「早いですね」

あなたこそ、と言いたかったが、名前はなんだったっけ……ああ、

「山崎さんも」

「ぶたぶたでいいですよ」

「……ぶたぶた、さん？」

「はい。わたしは仕事で。そうだ。いかがですか？」

そう言いながら差し出したのは、薄いオレンジ色の小さな果実……？

「ビワ、ですか？」

「そうです。小さいですけど、ここら辺に自生《じせい》してるものです。甘さもけっこうあって、香りがとてもいいんですよ」

スーパーなどで売っているビワは高級フルーツだ。それよりもだいぶ小さいが、ぶたぶたはこの小さなカゴにいっぱい摘《つ》んできたようだった。

「皮もむきやすいですよ」

言われたとおり、底の穴のところからむくと、きれいにつるんとむけた。口に含むと、果肉《かにく》の割に種が大きい。でも、ジューシーで、本当に香りがいい。うっとりするようだった。

「種を包んでいる薄皮を食べないようにすると、甘いですよ」

確かに。でも、薄皮の渋みがいいアクセントとも言える。甘みも負けていないし。高級フルーツというより、自生のたくましさあふれる味だった。

「おいしいです」

「よかった。この時期は鳥との取り合いですから」

頭の中に木の上で激しく争う鳥とぶたぶたが浮かんだが、いかんせんカラスしか登場させられない。ビワの木もどんなのか思い出せず、ケヤキみたいな巨木《きょぼく》になってしまう。どうやって登るというのだ……？

「だからこんなに朝早いんですか？」

気を取り直して、たずねる。

「まあ、そんなとこですね。朝食用のデザートにしようと思って」

「そんなにたくさん？」

「いえ、今朝の分以外はコンポートにしておきます。ビワって日持ちしないんですよね。摘んですぐ食べるのが一番おいしいんですよ」

朝食が楽しみになってきた。

「今日の朝ごはんはなんですか？」

「特別なものはないですよ。イワナをいただいたのでそれの塩焼きと、たけのこです」

あ、おいしそう。琴代はうれしくなった。

「昨日のお夕飯もおいしかったです。どなたが作ってらっしゃるんですか？」

「わたしです」

え？

思わず声に出してしまいそうになるが、なんとかこらえる。

「そ、そうですか……ほんとにおいしかったです」

そう言うのが精一杯。

「一緒に行きましょう」

うながされるまま、琴代はぶたぶたについて山を下った。何を話したかよく憶えていない。でも、朝食はおいしかった。たけのこはなんと、お刺身《さしみ》だった。採れたてじゃないと食べられないものだ。

琴代はトマトを買って、家路《いえじ》へつく。

「またいらしてください」

と言うぶたぶたの声が、やけに耳に残った。

2

二度目に行った時は、その半年後だ。

今度は一泊ではなく、一週間ほど過ごそうと思っていた。引っ越しをしてクタクタになってしまったし、勤めていたパートを辞めざるを得なかったので。

今度はすべて自炊にするか、朝食だけ頼むか迷った。朝寝坊したいのなら、自炊が一番だ。掃除も自己申告《しんこく》でいいし、家に一人で過ごすみたいにダラダラできる。

そういうのもいいな。自堕落《じだらく》な環境に少しだけ自分を置きたかった。最悪カップ麺でもいい。

冬だから、混んでるかな、と思ったが、そういうこともなく、あっさり部屋は取れた。前回同様、車で向かう。駐車場はほどほど埋まり、人が多いわけでも少ないわけでもない。けっこうゆったり過ごせる。

ぶたぶたにたずねると、

「湯治場のシーズンといえば冬なのかもしれませんが、ここはほどよく人がバラけているようですね。ほとんど紹介でやってくる方ばかりですし」

実際に温泉で話を聞くと、「いつもこの季節になると痛みが」とか「冬は気鬱《きうつ》になって」ということを聞いた。

あとは梅雨の時期も多いし、夏は避暑《ひしょ》の人も。でも、訪れる時期はだいたい同じなのだという。南さんの頃から通っている人もいるから、ほとんどが常連さんで、琴代などまだまだ新参者《しんざんもの》だ。なかなか話しかけることができない。

しかしそんな琴代に、

「どちらからいらしたの？」

と話しかけてくれる女性がいた。温泉に入っている時。初めてなのでドキドキする。

同県の市名を言うと、

「あらーいいところよね。妹が住んでるの」

そのあとひとしきり、新しくできたショッピングモールの話で盛り上がる。

「ここには療養で？」

「いえ、療養というか……休養ですかね」

「まー、それもいいわね。わたしは――」

彼女は、自分が事故による怪我の療養で来ていることを話す。

「なかなかよくならなくてね。ずっと痛くて」

「冬だとやっぱり、怪我されたところが痛むものですか？」

「ううん、そうじゃなくて、切断した腕の方が」

驚いて言葉を失くす。お湯から肩しか出ていなかったからわからなかったが、彼女は左手の肘《ひじ》から下がなくなっていた。

「幻肢痛《げんしつう》って言うのよ。知ってる？」

「……初めて聞きました」

「わたしもそうだったの。なくなってるのに痛いなんて、信じられなかったけど、ほんとに痛くて。夜中に起きてしまうこともあったほどよ」

そんな話を彼女は、穏やかに笑いながら話す。

「今はどうなんですか？」

「だいぶ痛みは引いてね。何年かかかったけど、来るたびにぶたぶたさんのカウンセリングを受けて。彼の点目って催眠《さいみん》効果でもあるのかなって思った」

そう言ってクスクス笑った。琴代も一緒に笑ってしまう。

「それはなんとなくわかります」

見つめられるとすべてを見透《みす》かされるようにも思うけれど。


次の日の朝早く、再び裏山へ散歩に出た。

以前より暗いから、ひと気がない——と思いきや、割とすれ違う人がいる。

「おはようございます」

なんとなく顔は知っているご夫婦と挨拶を交わす。和《なご》やかに会話をしながら降りていくのを見送り、琴代は少し歩き続けたのち、見憶えのある道端の岩に座る。今日も上まで登る気力がなかった。

暗かった空が明るくなると、どこまでも広いと感じるのはなぜだろう。同じ空なのに、どうしてそんなに違うの？

昨日会った女性の話を思い出す。ない腕の痛みを感じるというのは、暗いけれども確かに空がある、でも見えない——そういうことなんだろうか。

あたしが感じている気持ちも、そういうものなのかな。

ふと思うが、それは彼女に失礼だ。彼女の痛み——心身ともに——と比べれば、自分の悩みなど……。

「曽我さん」

声をかけられて振り向くと、ぶたぶたが立っていた。

「おはようございます」

琴代は座ったまま頭を下げる。

「おはようございます」

ぶたぶたもぺこりと身体を折り曲げた。まさしくぺたんと二つ折りだった。

「どうしたんですか、ぶたぶたさん」

「散歩です」

「そうなんですか？」

てっきり朝の支度で忙しい時間帯だと思っていた。

「曽我さんも散歩ですか？」

「はい。今は休んでます」

「お隣いいですか？」

「どうぞ」

琴代の隣に、ぶたぶたはぴょんと跳《と》び上がり、ちょこんと座った。なんと愛らしい動きだろう。

「ここはながめがいいですね」

琴代は言う。

「そうですね。人気の場所です」

「じゃああまり独占してても悪いですね」

「大丈夫ですよ。他にも座るところありますから」

「あの、この岩とか、丸太とかは、お休み処《どころ》として置いてあるんですか？」

なんとなく目につくのだ。昔はなかったはず。自然のままで、それはそれでよかったが。

「そうです。ここを建て直す時に、みんなで置きました」

ぶたぶたはその時の話を楽しそうに語った。琴代は、もっぱら笑うばかり。手伝いたかった、と思ってしまった。

「あ、じゃあそろそろ僕は行きます」

ぶたぶたは立ち上がる。

「ではまた」

「あっ、あの」

つい呼び止めてしまう。

「はい、なんでしょう？」

「今朝の朝食はなんですか？」

「自家製ソーセージと産みたて玉子です。玉子はお好みの焼き方で」

魚じゃない時もあるんだ。旅館の朝食といえば魚——というのは、海沿いの地域か。ここは山の中だった。川魚がいつもあるわけじゃないのね。

「……明日から朝食お願いしてもいいですか？」

「わかりました」

ぶたぶたは滑るようにして坂を降りていった。

琴代も立ち上がり、ゆっくり山を降りた。ここはとてもいいところだ。特にぶたぶたがすてき。

でも本当は、ここに来たくなかった。

それから、一年に一～二度、訪れている。二泊程度で帰る時もあれば、一週間程度いる時もある。

幻肢痛でここに通っていた女性とは、もう会うことはなかった。あの時に「だいぶよくなった」と言っていたから、来る必要がなくなったのかもしれない。

しかし琴代は、何度も足を運ぶ。

そのたびに、朝あの岩に座り、朝日をながめ、まぶしい光に目を細める。

そして、いつもやってくるぶたぶたと少しだけ話す。たいてい彼がしゃべっているのを琴代が聞く。彼の周辺では様々な出来事が起こる。琴代の生活とあまり変わらないのが意外だ。そして、それをしゃべっているだけなのに、話が面白くて引き込まれる。自分もこれくらい話術があったら、何か変わっていたのかな、とうらやましくなるくらい。

でも、何度目かの朝は、違っていた。

「ごめんなさい、ぶたぶたさん。出すぎたことをしてしまいまして」

琴代は彼に謝っていた。ぶたぶたはキョトンとして、

「え、なんの話ですか？」

「阿部《あべ》さんのことです……」

昨日、ここに着いてすぐ、温泉に入った時のことだ。

ここに来る時期が決まっていない琴代は、顔なじみの人の方が少ない。行くたびに、はじめましての人が増えるような気がする。特にお年寄りは新しい人だと思うとどんどん話しかけてくる。

ただこの湯治場は、しゃべりたい人はしゃべる、しゃべりたくない人はそっとしておく、というのが暗黙の了解のようになっている。病気のことは個人情報だ。誰も悪用する人などここにはいないだろうが、なるべくなら言わない方がいいのかもしれない。だが、病気の人は不安なのだ。話すことで、少しその不安が解消されるような気分になれる。気が紛れるというか、気休めでしかないのかもしれないが、それでもそういうものがあるのとないのとでは全然違う、と病気の母を看てきて琴代は悟った。同じことをく

り返し言うのも、ずっと不安だからなのだ。なかなか治らない人も多いから。

そうなると、治療のために来ているわけではない琴代は自然と聞き役になる。しかし、なぜかそれが苦痛ではなかった。みんな同じようでいて、それぞれ違うからだろうか。母の話だけを聞いていた頃は、つらかった時期もあったのだが。

そんなある日、温泉から上がり、休憩所でおしゃべりをしていると、ぶたぶたがやってきた。

「阿部さん、カウンセリングの時間ですよ」

「あっ」

琴代の隣でおしゃべりしていた女性が立ち上がった。阿部さんというのか。そういえば、名前っていちいち訊かない。前に会った幻肢痛の人も名前はわからなかった。

「ごめんなさい、ぶたぶたさん、すっかり忘れちゃった。この人に聞いてもらったら、なんだかすっきりしちゃって。すみませんね、じゃあ、また」

そう琴代に声をかけて、彼女は休憩所を出ていく。ぶたぶたがあとをちょこちょこと追いかける。

その時のことを謝りたいと思っていたのだ。少し出すぎた真似をしたかな、と考えていた。ここで話を聞くのはカウンセラーの資格を持つぶたぶたであって、素人の琴代ではない。自分はアドバイスもできないし、何も知識がないから。

「え、曽我さん、何もしてないですよね？」

確かに何もしていない。何もできないから。

「いえ、なんか阿部さんのカウンセリングの邪魔をしてしまったようで……」

「ああっ、そういうことですか！」

本当に驚いたみたいに、点目が大きく見えた。

「いや、全然邪魔なんかじゃないですよ。阿部さん、気が楽になったって喜んでました。それより、阿部さんにお聞きしたんですけど——」

ぶたぶたの目の間にきゅっとシワが寄った。

「曽我さんは聞き上手でほんとにありがたいけれど、聞いてもらってばかりで申し訳ないって言ってましたよ。曽我さんこそ、無理をしてないですか？」

ぶたぶたの言葉にちょっとほっとする。

「してないですよ。みなさんのお話を聞くのは楽しいです」

不思議とそう感じるのだ。

「そうですか。ならお時間ある時に聞いてあげてください」

「はい」

「阿部さんは曽我さんのことを、

『穏やかで優しくて、とても落ち着いた方だから、つい頼ってしまう』

って言ってましたよ」

それを聞いて、

「ありがとうございます」

誰にともなく言う。

ここでは、よくそんなふうに言われる。思ってもみなかった言葉だ。ここは生活が絡まないところだからだろうか。何もしがらみがなければ、そういう人に見られるのか。

いつもの琴代は、家族からは小言《こごと》の多いお母さんとして、兄弟からはマメな連絡係として、ママ友たちやご近所の人にはちょっとダラけた奥さんとして見られているはずだ。古くからの友人たちからは……なんて思われているんだろう。最近めっきり連絡が減ってしまった。年賀状のみという人が多い。

だから、そんな優しい人間じゃないはずなのだ。

それでも、言われるとちょっとうれしい。まるで理想の自分になったよう。ここで別に装っているわけでもないのに。

だから、あたしはここが好きなのかな。

そうかもしれないし、そうじゃないかもしれない。だってやっぱり、ここでもあたしはあたしだから。

違う自分になりたいわけじゃない。でも、ぶたぶたの存在がここを特別なところにしている。ここなら、少しは変われるかもって思ってしまうのだ。

3

琴代は駐車場に車を停めた。

今日でここを訪れたのは何度目になるだろう。もう数えるのはやめたから——いや、そこまで多くないのだが、単に数えるのがいやなだけだ。

「あ、曽我さん、いらっしゃいませ」

ぶたぶたが何やらカゴを抱えて駐車場に立っていた。

「ぶたぶたさん、今回もお世話になります」

ペコリと頭を下げ合う。

「山菜ですか？」

「セリですね。今夜はセリ鍋にしようと思って」

セリ鍋って食べたことない。

「少し苦みがありますが、香りがさわやかなんですよね」

「そうなんですか」

「シャキシャキの歯ごたえも楽しめますよ」

「何味なんですか？」

「あっさり醬油《しょうゆ》仕立てです。鶏肉とよく合うので、ここの地鶏を入れようかと思ってます」

「とてもおいしそうですね」

他に何が入るのだろう。楽しみだ。

「では、また夜に」

「はあ、よろしくお願いします」

ぶたぶたは裏山に向かい、琴代は受付へ――と思って歩き出した時、彼女に気づいた。あの時の、幻肢痛の女性が車から降りてきたのだ。え、治ったのではなかったの？　彼女には連れがいるようだった。娘さんくらいの年頃の女性だ。

二人は楽しそうに笑いながら、こちらに近づいてくる。琴代は、車の荷物を取るふりをして、隠れてしまった。そんな必要ないのに。

彼女は、こちらに気づかず本館の方へ向かっていった。なぜか動悸《どうき》が止まらない。笑顔だったけれど、実は具合が悪いのだろうか。また痛みがぶり返した？　それともすれ違いだっただけで、ずっと通っていたんだろうか。

琴代は、気持ちが落ち着いてから、そして頃合いを見計らって車を降り、本館へ向かった。

「こんにちは」

受付で、すっかり顔見知りになったシーナに挨拶をする。他に人はいなかった。彼女はもうチェックインしたのだろうか。

部屋はいつものところだった。空いていれば、たいていそこになる。こだわりがあるわけではないからどこでもいいのだが、これはこの旅館のこだわりらしい。

夏が近づくと、窓際のスペースには籐《とう》の椅子が置かれる。いかにも和風旅館らしいたたずまいだ。琴代はそこに座って、窓の外をながめる。

しかし、気持ちはどうしてもあの女性へと向かってしまう。自分からはどうにもできないのに、想像が止まらないのだ。

気分を変えなくちゃ。散歩？　お茶を飲む？　いや、やっぱり温泉――でも、彼女と鉢合わせするのが怖い。

……自意識過剰《じいしきかじよう》でしょ、と自分に言い聞かせる。会ったところでなんだ。ちょっと会釈して終わりではないか。忘れたふりをすればいい。彼女だって絶対に忘れている。

琴代は、意を決して温泉へ向かった。やたらと周囲をうかがわないように、極力《きよくりよく》気をつけた。自然に、自然に振る舞うのだ。

人は少なめだったので、湯気で煙った浴場でははっきり言って誰が誰だかわからなかった。少し安心する。

疲れたのか、次第に眠気が……お風呂で寝るのはよくない。そろそろ上がった方がいいだろうか。

隣に誰か座る気配が。ご挨拶をして上がろう、と横を向くと――彼女がいた。

「こんにちは」

ニコッと笑う。あ……いや、単に挨拶しただけ。前に会ったことあるなんて思っていない——。

「お久しぶりです」

え？

休憩所には、縁側《えんがわ》がある。そこに並んで座った。人がけっこういるが、ここは二人きりだ。

彼女の名前は、堀江満知子《ほりえまちこ》といった。琴代より少しだけ年上の人。

「ごめんなさいね、いきなり声をかけて。わたしのこと、憶えてないでしょ？」

どうぞ、と自販機のお茶を渡される。お礼を言って受け取りながら、

「いえ……憶えてます」

と答えると、

「あら」

これこそ意外だったらしい。

「ああ、ちょっと変わった話、したものねえ」

そう言って、肘から下のない左の二の腕を撫《な》でる。

「あの……まだ痛むんでしょうか」

幻肢痛。だから通ってるの？

しかし満知子は首を振った。

「もう痛みはないの」

「……そうなんですか」

当たり障《さわ》りのない言葉しか言えない。

「痛くないならここに通う必要ないって思ってる？」

「いえ……あたしもなんでもないのに通ってますから」

「そう。そうね。わたしもなんでもないと言えばそうなんだけど。今回は娘も連れてきたし」

やはり。そういえば、顔が似ていたような。

「娘さんは？」

「ずっと運転してたから、部屋で寝てるの。夕飯を楽しみにしてる」

ふふっと笑う満知子に、つられて琴代も笑顔になる。最近は自炊が多いが、たまにぶたぶたの料理を食べたくなる。

「ごめんなさい、話がズレたわね。いや、ズレてないかな。わたしは、ぶたぶたさんの料理を食べに来たの。料理だけじゃなくて、話も聞いてもらいたくて」

「カウンセリングってことですか？」

「そうね。あなたはぶたぶたさんのカウンセリングって受けたことある？」

「ないです」

必要ないと思っていた。昔はそういうものはなかったし、ここを再訪してからも、療養ではないので考えもしなかった。

「受けた方がいいんでしょうか？」

「それは、あなたに話したいことがあれば」

お茶をひと口飲んで、満知子は言った。

「わたしは、主治医の先生からすすめられてここに来たんだけど、最初はうまくしゃべれなかったの」

「……驚いて、ですか？」

彼女はケラケラと笑って、

「あー、そうね。それもあったと思うけど。でも、不思議とすぐに慣れるのよね、ぶたぶたさんって」

琴代自身は、慣れるほど接していない気がするが、言いたいことはよくわかる。

「自分の感じてることを自分の言葉で人に説明するって難しいんだなって思ったのよ」

満知子は、なくなった方の腕を触るように、指を動かした。

「幻肢痛って、昔は心理的な問題だと思われていたんだけど、今は違うらしいの。人によって原因は違うけど、脳や脊髄《せきずい》とかの神経の問題が多いんですって。いろいろ治療を試したんだけど、よくならなくて、それでここをすすめられたの。ぶたぶたさんはセラピーもやってくれるから」

「どんなことするんですか？」

満知子は「ミラーセラピー」という方法を説明してくれたが、鏡を使うこと以外はよくわからない。

「それって前に病院でやったし、自分でも家でやったりしたんだけど、うまくいかなくてね。でもここにいる間、ぶたぶたさんに指示してもらってやってたら、よくなってきたの。多分、前はよくわからないと思いながらやってたのがいけなかったのかもしれない。けど、それってとっても言いにくくて。ぶたぶたさんは、なぜかわたしの気持ちを代弁してくれる。

『わからないって思いながらやってますね』

って」

ぶたぶたの目間に寄ったシワが見えるようだった。

「わたしも『自分はわかってない』ってその時初めて思ったわ。多分、彼には人の気持ちが読めるのよ。話したくないこともいっぱいしゃべっちゃった」

満知子は大きなため息をつく。

「事故の時のこと、一生話せないって思ったんだけど……」

彼女は、うつむいて涙をひと粒こぼした。

「訊かれたわけじゃないのに、顔を見てるとなんだかしゃべりたくなるのよね」

そうなんだろうか。そんなしげしげ見たことはないのだが。琴代がぶたぶたと会話を交わすのは、朝の数分の限られた時間だ。

「今回来たのは、痛みがなくなったことでまたいろいろ考えるようになってしまったので、それを相談しに来たのよ」

満知子は続ける。

「痛みが本当になくなっているのかどうかわからなくて」

「まだあるんですか？」

満知子は首を横に振る。

「ないの。本当にないのよ。でも、ここには――」

そう言って、彼女はなくなった腕を指差す。

「わたしが失ったものがすべてあるの」

4

「よろしくお願いします」

面接室で、ぶたぶたはそう挨拶をし、身体をペコリと折り曲げた。

「……こちらこそ」

この部屋に入るのは初めてだ。どんなところだろう、と考えたことはあったが、実際はどこにでもあるような、無機質《むきしつ》と言ってもいいくらい、そっけない会議室だった。学校や会社、事務所……何度となく話をするために入った憶えがある。

目の前の冷たい麦茶のコップすら既視感《きしかん》がある。

「珍しい、とか言わないんですね」

そんなこと言ってから、なんだか嫌味っぽいと自分で思う。

「いえいえ。話したいタイミングは人それぞれですからね」

ぶたぶたは、他意《たい》のない感じでそんなことを言う。いや、絶対思ってる。しかし、そんな話をするために来たんじゃない。

「でも、どうしてカウンセリングを受ける気になったのかは知りたいです」

琴代は、しばらくためらってから、

「堀江さんにすすめられて」

と言った。

「堀江さん——堀江満知子さんですね？」

「そうです」

本当はすすめられたわけではない。彼女とは、ただ話をしただけだ。しかも、琴代はほとんど何も話していない。いつものように、ここでの自分のように。落ち着いていて、優しい。穏やかな聞き上手。つい話したくなってしまうような。

それは、ぶたぶたに対する褒《ほ》め言葉にも似ている。だから余計につらい。

「あたしはそんな、聞き上手ではないんです」

人の悲しさ、つらさ、苦しみ、嘆《なげ》きなんて、あたしにはわからない。共感も、同情もできない。だから、黙って聞いてられるのかもしれない。

「本当にそうなんですか？」

ぶたぶたが首を傾げる。

「そうです」

満知子は言った。

「あなたは『なんでもない』と言ったけど、そんなことないでしょ。あなたもわたしと同じようなものを抱えている、わたしと似ているって感じたから声をかけたし、憶えてたんだもの」

そう、確かに琴代は抱えていた。しかしそれを彼女や、他の様々な疾患《しっかん》を抱えている人と比べては申し訳ない。

満知子はあるはずない痛みを抱え、それに悩んでいた。それは自分とは対照的だ。琴代は、あるはずのものがない。

「あたしは、泣けないんです」


母が死んでも泣けなかった。

でもそれは、喪主《もしゅ》の兄がほとんど役に立たなかったせいだと思っていた。やることが多すぎて、泣いているひまなどなかった。葬儀《そうぎ》が終わっても疲れが残り、泣くよりぐったりしていた。

そんな琴代に対して、四十九日の席で親戚が、

「琴代ちゃん、お父さんのお葬式の時にも泣かなかったよね」

と言っているのを密かに聞いてしまった。

父が亡くなったのは、自分が中学生の頃だった。その時の記憶はあまりない。長患《ながわずら》いだったので、琴代にとっての父は、いつもふとんに寝ている印象しか残っていない。身体に障るから、と小さい頃は部屋へ行くのも止められていた。

果たして本当に泣いたのか泣かなかったのか、自分では判断がつかなかったが、母の

死にも泣かなかったのだから、父の時もそうだったのだろう。

そんな結論を出したあとも、泣けなかった。悲しいより、ひどく疲れる。感情自体がなくなってしまったみたいだった。小さい頃はともかく、十代になってから泣いた憶えがない。卒業式でも、みんなが涙した映画やドラマを見ても、初めての失恋でも。母親が亡くなるまで、気にしたことはなかったけれど。

そんな時、母の遺品を整理していたら、この温泉の連絡先が書かれたアドレス帳を発見したのだ。

山奥にあるその宿を思い出した時、最初に浮かんだ感情は寂しさだった。母と一緒だったが、母の話は病気の愚痴《ぐち》ばかりで、療養で来ている同年代の人の方がよほど話が合った。他に話し相手はおらず、持ってきた本なども読み切ってしまい、琴代は何もすることがなかった。裏山をむやみに散歩し、頂上近くに崖《がけ》を見つけ、そこに座って何時間も過ごした。

孤独《こどく》だと思った。ここに来る前からそうだった、と気づいた。

なぜだろう。理由はその時はわからなかった。ただその感情に一番しっくりくる言葉をあてはめただけだ。

けれど、アドレス帳の住所を見つけた時、それがわかった。自分は、泣けないことにずっと引け目を感じていたのだ。小さい頃から「生意気だ」とか「冷たい」とか「感受性が乏《とぼ》しい」とか「無表情」みたいなことを言われてきたことも思い出す。傷ついてもいたが、一番いやだったのは、泣けないことをごまかそうとする自分だった。


「それで、あんなに高いところまで登ってたんですね」

「そうです。崖に行こうと思って」

「あの崖は、大雨の時の土砂《どしゃ》崩れでなくなったんです」

「そうだったんですか」

地形すら変わるのに、琴代は変わっていない。

「あの時、曽我さんを見かけたのは偶然なんです。僕はほんとにビワを摘みに行ってただけで。登り方が気になって、声をかけたんですよね」

「どんなふうに気になったんですか？」

ぶたぶたは、短い腕をむりやり組んで、点目の間にシワを寄せた。

「こう言っては失礼かもしれませんが、鬼気迫《ききせま》るというか……」

「——怖かった、んですね？」

ちょっと苦笑してしまう。

「まあ、平たく言えばそういうことになってしまうんですが……もっと言ってしまえば、以前うちで自殺未遂《みすい》をした方の表情にも似てらして」

琴代は笑顔を引っ込めた。

「その方は軽症《けいしょう》で済んで、今はお元気ですが」

「……それはよかったです」

あそこへ一人で行けば、一人になれば、自分も泣けるのではないか、と思ったのだが、泣けなかった。

「だから、そのあとも気になったので、朝はなるべくお会いできるようにしたんです」

心配してもらっていたのか。申し訳ない。

「二度目に来たのは、離婚したあとです」

夫の長年の不倫《ふりん》に気づき、証拠《しょうこ》を集めて離婚した。引っ越しはそのためのものだった。

よくもそれなりの夫婦だと思っていたが、いざとなるとほころびばかりの関係だったと気づく。琴代も目を背《そむ》けてきた。泣けないのも当然かと思った。

実は夫が不倫をしているということは薄々わかっていた。バレないようにしていたつもりだったのだろうが、その「気遣い」は穴だらけで、子供たちですら感づいていたくらいだ。

しかし次第に、その「気遣い」もおざなりになってきた。子供たちがようやく家を出たせいだろうか。気遣っていたのは、妻の自分へではなく「家族」という形態を維持《いじ》したかっただけなのではないか、と感じた。琴代は単にその要素の一部で、それが欠けるのがいやだったからバレないようにしていただけなのかもしれない。

そんなふうに考え始めたら、何もかもいやになってきた。我慢をし続けたとは言い切れないが、見ないふりをして自分の感情を殺して生きてきたことは確かだ。

そんなことをしてきたから、泣けない人間になってしまったんだろうか。そう思ったら、もう止まらなかった。彼には行動パターンがあり、何年も変わらなかったから、それに合わせて調査してもらえば証拠は簡単に集まる。

証拠を突きつけ、慰謝料《いしゃりょう》として貯金と家をもらった。親子四人では手狭だった一戸建てだったが、一人で住むには広すぎる。思い切って売ることにし、一人暮らしのための小さなマンションを買った。

離婚して引っ越しをするまでは先に進むことしか考えられず、淡々と日々を過ごしていたように思う。でも何もかも終わった時、やはり琴代は泣けなかった。虚《むな》しさと疲れしか残らない。

そしてまた、ここに来た。堀江満知子に出会い、「幻肢痛」というものを知った。

「あたしは、確かに悲しいと思ってるんです」

琴代はぶたぶたに言った。

痛みはここにある。でも、涙はない。見えない場所に痛みがあるなんて、人にはわかってもらえないだろう。涙がなければ、悲しんでいないと思われるように。

「離婚した時、娘にも言われました。

『お母さん、ほんと泣かないよね。強いよ』

って」

「それは……ほめたんですか？」

「……皮肉《ひにく》だったのかもしれません」

　その時は、よく言われるいつものこととして忘れるようにしたのだが、やはり他人に言われるのと身内から言われるのとは意味が違う。

　何度目かは忘れたが、同じようなことのために来たことがある。娘からなじられたのだ。

「娘がつきあっていた人と結婚しようとして、相手のご両親に挨拶に行ったんですが、そこで、

『ひとり親の家の娘とうちの息子は釣り合わない』

とお母さんから言われたそうなんです」

　ぶたぶたは点目をわずかに見開き、

「それはまた……強烈なことを言う人ですね」

　言葉を選んでいるようだった。

「子供たちが成人してからの離婚ですし、ひとり親育ちではないんですけど、どうしても相手方のお母さんはわかってくれなかったらしいんです」

　その話を聞いた時にも、虚しさがこみあげた。両親がそろってさえいれば、本人が極《ごく》悪《あく》でもいいっていうのか。……単に難癖《なんくせ》つけて反対しただけかもしれないが。

「それに対して、お相手の人はどうしてたんでしょう?」

「彼氏のお父さんはオロオロするばかりで何もできず、彼氏自身は『そういうものなの?』と母親に丸め込まれそうになっていたそうです」

「うーん、その場でビシッと言えない彼氏では、不安ですね」

琴代としては、結婚する前に相手方の本性がいろいろわかって幸いではなかったか、と思うし、娘も今ではわかってくれているはずなのだが、それと彼氏への未練《みれん》を切り離すことができず、激しく当たられたのだ。

「離婚なんてみっともないこと、しないでほしかった!」

離婚については、事前に話をしていたが、それは相談というより報告だった。もし反対されても、するつもりだったから。息子は渋い顔をしていたが、娘は賛成していたのに。だから、ただの八《や》つ当たりの勢いで出た言葉だとわかっている。

「お母さんは強いから、離婚しても泣かないけど、あたしは違う!」

そう言って娘は、わんわん泣いた。琴代はただ黙って肩を抱いて、慰《なぐさ》めた。悲しかったけれど、やっぱり泣けなかった。

思えば、子供の頃からこうして誰かを慰めてばかりだった。特に母を。働く母は、たまに夜中一人で泣いていた。そんな母の泣き声に耐えられず、起きて慰めた。母が泣かないように、少しでも楽になるようにと家事を手伝った。

「兄たちは、何もしなかったなー」

部活に塾にと忙しくしていた。琴代は高校を出てすぐに働き始めたが、兄と弟は二人とも大学へ行っている。

「でも、そうやって育ててたのは、母ですもんね」

そのことに気づいたのは、最近だ。伯母《おば》が亡くなった時。

「伯母は母の姉で、小さい頃は学校が終わると伯母の家で母が帰ってくるまで待ってたんです」

大きくなって留守番ができるようになり、母の代わりに家事をするようになったら、ある日、伯母が琴代の手を握りしめて、

「こんなにあかぎれて……かわいそうに」

と泣いた。

「琴代は優しいから……」

そのあとのことはあまり憶えていないが、それから伯母とは会わなくなった。彼女が

亡くなった時も、闘病《とうびょう》時も、何もできなかった。

「ほんとにかわいそうな子だったら、もっと感謝すると思いません？　ほんとに優しかったら、きっと泣いてる。だからあたしは『かわいそう』でも『優しい』わけでもないって思ったんです」

「ここではみんながあなたのことを『優しい』って言ってますよ」

「それは、ほんとに話を聞いてて楽しいからです」

「病気自慢」「不幸自慢」みたいな言葉があるけれど、自分の中で消化できている人の話は面白い。ぶたぶたはもしかして、どう話せばそうなっていくのかを教えているのだろうか。不安ばかりの人も、決してそれをこちらに押しつけてこない。

「優しくないから優しくしようとか考えてると、誰にでも優しくしないといけないと思うようになって、それなら全部優しくしたくなくなるんです。でもここではただ聞いてるだけだから」

うまく共感できないからこそ、人の不幸を聞いて、自分を慰めていたのかもしれない。悪趣味だが。

「でも、満知子さんがここに戻ってきた時、すごくびっくりしてたみたいですね」

「だって……治ったからもう来ないと思ったんです。何かあったのかなって」

今回琴代は、同級生の友人が亡くなったのをきっかけにやってきた。他の友人たちはみんな泣いていたのに、やっぱり琴代は泣けなかった。知らせを聞いてから、ずっと彼女のことを考えているのに。

「自分と同い年で——ものすごくショックだったのに、呆然とするばかりで……」

長く闘病していたようだが、家族以外にはほとんど言っていなかったらしい。

「なんだろう……楽しいことしか思い出せない」

最近は年賀状のやりとりだけになっていたが、家族にも恵まれて幸せだと思っていたのに。

「こんなにショックを受けているのに泣けないなんて、あたしはおかしいですよね？」

「そんなことないですよ」

ぶたぶたは即座に否定してくれたが、琴代は不安だった。

「冷たい人間だと思うんです。悲しみがないのに悲しいと思っているだけなんじゃないでしょうか」

「それも違います」

「じゃあ、なんなんでしょう？」

ぶたぶたはうーんとうなりながら、鼻をぷにぷに押し、そして答えた。

「無理して泣く必要なんて、ありますか？」

琴代はそんな答えが返ってくるとは思わなかった。泣けるようになりたい、と思っていたから。

しかし次の言葉はさらに意外だった。

「わたくしごとですけど、僕もあまり泣かないですよ」

……そりゃぬいぐるみだから。え、でも、

「あまり、ということは、たまには泣くんですか？」

「いや、ほとんど憶えがないんですけどね……」

本人も憶えてないほど。いやいや、ぬいぐるみだから――。

「今、『ぬいぐるみだから』って思いましたね？」

考えを読まれてギクリとする。

「ぬいぐるみだから泣かない。人間なら泣く。それって正しいんでしょうかね」

ぶたぶたは、神妙な顔つきでそう続ける。

「ぬいぐるみも泣くって思いません？」

「絵本なんかだと泣いてますね」

「そんなふうに泣くぬいぐるみもいるかもしれないし、僕もそのうち泣くことがあるかもしれない。それと同じように、いつも泣いていた人が、ある日泣けなくなるかもしれない。人間もぬいぐるみも、何が起こるかなんて誰も知らないんです」

――家にいるぬいぐるみが、突然立って歩いて、料理をするようになるかもしれない。

「一生泣けなくたって、それの何が悪いんでしょうか。あなたには悲しみがあふれている。話を聞けばわかる。わかってくれない人は、あなたが泣いていても同じことかもしれませんよ」

満知子のことを思い出した。ほんの一時《いっとき》隣り合って話しただけなのに、憶えてくれていた。琴代自身があるはずないと思っていた悲しみを、汲《く》み取ってくれた。「わたしと似ている」と言ってくれた。

あるはずのない痛みと、あるはずなのにない痛み。

それはどちらも幻《まぼろし》ではなかった。

満知子はもう痛みはないと言っていた。琴代も、ぶたぶたにこんなふうに話していけば、少しは痛みがやわらぐだろうか。泣けるように……ならなくてもいいって言ってもらえて、ちょっとだけ安心しているのだけれど。

「そうだ、一緒に食べようと思って用意してたものがあるんです」

ぶたぶたはぽふっと手を叩き、ひらりと椅子から飛び降りた。壁に設置してある小さな冷蔵庫から、ラップにくるまれた皿を二つ出す。

「ビワのコンポートです。ずっと食べていただきたいと思っていて」

ガラスの皿の真ん中に、小さなオレンジ色のビワが三つ並んでいた。

「おいしそう!」

なんてかわいらしい。ちょこんと添えてあるのは、ミントの生の葉かな。

「冷たくておいしいですよ」

「ありがとうございます」

フォークで一つ突き刺し、口に入れた。生のビワと同じくらい芳醇《ほうじゅん》な香りだ。シロップの甘みが強すぎず、でもつるんとなめらかな食感がさらに増している。かすかなレモンの風味もさわやかだ。

「おいしいです」

「でしょう?」

ふふ、と笑って、ぶたぶたがビワを鼻の下に持っていく。フォークが下がった時には、もう何も突き刺さっていなかった。ほっぺたがもごもごと動いている。まさかこれは……食べたってこと!?

ぶたぶたが何か食べるシーンは初めて見た。衝撃。っていうか、ビワはどこに消えたの!?

「今年のは特においしくできたので、もうあまりないんですよー」

ぱくぱくと食べ進めるぶたぶた。

「ビワをまた、どうして食べてもらいたかったか、わからないですよね?」

はっと我に返る。琴代も残りのビワを口に入れる。ミントの葉と一緒に食べるのもおいしい。

「ビワの花言葉って知ってます?」

「知らないです」

そんなたしなみはない。

「最初にお会いしたあと、なんとなく調べて、それがずっと心に残ってたんです」

「なんでしょう?」

「ビワの花言葉は、『温和《おんわ》』『内気《うちき》』『治癒《ちゆ》』『静かな思い』、そして『密かな告白』っていうんです」

そう言ってもらっても、琴代は泣けなかった。そのかわり、笑った。

「曽我さん、あの時、笑ってましたよね」

そう、琴代はあの朝、朝日に向かって笑っていた。泣けないのなら、笑ってやると思ったから。

「そうですね」

明日の朝も、亡くなった友だちとやったバカなことを思い出して、笑おうと考えていた。離婚の時ですら、昔の楽しい思い出ばかり浮かんだ。

そんな自分が温和で内気? いやいや、内気ではあるかもしれない。あ、別にぶたぶたはビワと琴代を重ね合わせて言ったわけじゃなく、単に花言葉を言っただけだ。

「でも、ぶたぶたさん」

おかわりの麦茶を注いでいる彼に対し、琴代は言う。

「そんな自分がいやなわけじゃないんです」

いやなところもある。でも、全部いやじゃない。

「それはよかったです」

点目の笑顔に、まんまとハマってしまったな、と琴代は苦笑した。

あとがき

お読みいただき、ありがとうございます。矢崎存美です。

少し遅くなりましたが、ぶたぶたシリーズの新作をお届けできました。

今回のテーマは湯治場です。

湯治場で何もせずに長逗留《ながとうりゅう》したい、という私の願望が溢《あふ》れ出るテーマです。まだまだ体調万全とはいえないのでねえ。

——このあと、旅行先でどう過ごすか、みたいなことを書こうかと思い、実際に書いたんですが、自分のあまりにも貧弱な体験に愕然《がくぜん》としました。

何しろ私、超インドア派の出不精《でぶしょう》なんです。食べ物に対する情熱の半分でも旅行に向けていたら、私の人生は変わったでしょうね。

「旅先で珍しいおいしいものとか食べたくないの？」

とツッコまれたらぐうの音《ね》も出ないんですが、世の中のおいしいものをすべて食べることは一生かけても無理なわけですし……食べた経験を自慢したいわけでもないし。いや、自慢しているのかな？　小説でおいしそうに書いて、読者さんに「食べたい！」と思わせるのは、自慢？

でもまあ、味覚は人それぞれですから。口に合わなかったら、どんな高級なものでも珍味《ちんみ》でも、「おいしくないもの」ですからね。

ほら、話がまた食べ物に傾《かたむ》くじゃないですか。この熱量をもっと外へ向けていたら……。

ということで、湯治場のもう一つの大きな要素、「病気療養」についてです。

しかし、これについても大病をしたことのない私としては書いていいのかしら、と思わざるを得ない。身体は丈夫な方だし、怪我《けが》以外で入院したこともない。

でも、すごくポンコツなんです。若い頃から。若い頃は復活が早かったから、あまり認識してなかったけど。

どんなふうにポンコツかについては、これまでのあとがきとかブログとかツイッターなんかでいろいろ言ってきたので省略します。「ポンコツ」という言葉に「ああ、なるほど」と思う方は多分正解。ピンと来なかった方はおめでとう、あなたは健康です。

とにかく、もう歳も歳だし、これからどんどんポンコツなところが増えるだけなんだろうな、と思っていたんですが、なんと最近好転《こうてん》したことがあるんですよ。

それは「頭痛」です。

いわゆる私は「頭痛持ち」だったんですが、最近頭痛の回数や鎮痛剤《ちんつうざい》の服用数が減っているのです。

頭痛と私のつきあいは、子供の頃から。小学生の時はそれほど意識していなかったと思うのですが、中学の頃には鎮痛剤を折々服用していました。かなり激烈な痛みを経験していましたが、大人になってからその頭痛が「片《へん》頭痛」であると知ります。

片頭痛は、閃輝暗点《せんきあんてん》という前触れみたいな現象や、吐き気を伴います（私は吐き気だけ）。昔の鎮痛剤って、何か食べてから飲まないとけっこう胃が痛くなったりしたんですが（今の市販薬は胃に優しい）、吐き気があるから何も食べられなくて「どうしよう」と泣きながらパンをむりやりひと口飲み込み、薬を飲んだ思い出があります。

二十代三十代と頭痛についていろいろ調べ、短編小説も書いたことがあったなあ。その頃から次第に肩こりもひどくなってきて、片頭痛とは違う痛みを自覚するようになります。頭痛に強いクリニックで検査してもらった結果、片頭痛と緊張型頭痛の混合型と知る。

つまり、頭痛の機会が倍になった、みたいな感じで——その頃から手帳等に簡単な頭痛日記をつけるようになります（今は頭痛用のスマホアプリを使って続けています）。どう痛いとか薬は何で月に何回飲んだかとか、そういうことを記録しておく。月に十回以上飲むと、鎮痛剤による頭痛を発症したりするので、気をつけないといけません。で、なんとか薬の服用を十回以内におさめ、たまに超えたりもするけどたまにだから許して、という頭痛生活をずっと送ってきたのですが、そこに伏兵《ふくへい》が現れます。

「気圧痛《きあつ》」です。

気象病、天気痛などとも言いますが、雨が降る前や雨が降っている時、気圧が急下降する時や急上昇する時などに頭が痛くなったりだるくなったりする症状です。最近、増えているというか、名前が知られたことによって一般化してきたようですが、そんな多くの人が意識している身体の変調に、私の自律神経《じりつしんけい》もついていけなくなってしまったのです……。

とはいえ、これは生理時の不調と引き換えって感じでした。気圧に身体がついていかなくなったのは、更年期で自律神経がイカれたことによるもの……。でも、どっちかっていうと生理の時の頭痛やイライラの方がつらかったかなあ。その段階では「好転した」とはとても言えなかった。

そんなこんなで、もう五十年近く頭痛とつきあってきた私なんですが、ここ半年くらい、ほとんど鎮痛剤を飲まなくなりました！　飲む時も、昔のような激烈な痛みではなく頭重《ずおも》に近い感じなので、用事がなければ休むだけで治ります！

これでその要因が明らかであれば、それでひと儲けできそうですけど、心当たりがまったくない！

いくつかこれかなと思うものはあるのです。ストレッチと耳マッサージを毎日している、更年期が終わった（?）、体重が減った、薬をいくつか飲んでいる（やめたらぶり返すのかしら）、納豆《なっとう》とトマトジュースの朝食、猫――は十一年前から飼ってるからあまり関係ない、ストレスが減――ってない、むしろ増えてる。

わからない！

加齢により鈍感《どんかん》になっている、というのもありそうではある。
なんにせよ、好転したことはありがたい。ぜひともこのままフェードアウトしてほしいです。

いつもながらお世話になった方々、ありがとうございました。
手塚《てづか》リサさんのカバーイラスト——「そのシーンをイラストに⁉」と思うことがけっこうあるのですが、今回のは思い描いていたとおりでした。私も好きなシーンです。あとがきから先に読んでいる方は、楽しみにしていてくださいね。

それでは、また！

光文社文庫

文庫書下ろし

湯《とう》治《じ》場《ば》のぶたぶた

著　者　矢《や》崎《ざき》存《あり》美《み》

2023年7月20日　初版1刷発行

発行者　三宅貴久
印　刷　萩原印刷
製　本　ナショナル製本

発行所　株式会社 光文社
〒112-8011　東京都文京区音羽1-16-6
電話 (03)5395-8147　編集部
8116　書籍販売部
8125　業務部

ISBN978-4-334-79554-2　Printed in Japan

組版　萩原印刷

矢崎存美の本

好評発売中

どんなときだって希望は、溢れてる。

ぶたぶたのお引っ越し

リタイア後、田舎に移住したいという夫と考えが合わず悩む成実の前に、移住アドバイザーとして登場したのは――（「あこがれの人」）。家賃の安い「告知事項あり物件」に引っ越すことになった詠斗は、挨拶に訪れた隣の部屋で、衝撃の出会いを果たす――（「告知事項あり」）。お引っ越しによる、出会いと別れ。その節目に、不思議なぬいぐるみと出会ったら。心震える三編を収録。

光文社文庫